D1049228

Caramelos de menta

Carmen Vázquez-Vigo

Premio Doncel
de Novela Juvenil 1971-1972

Premio Lazarillo 1973

Premio Nacional
de Literatura Infantil 1992

ediciones **sm** Joaquín Turina 39   28044 Madrid

Primera edición: mayo 1981
Trigésima segunda edición: diciembre 2002

Dirección editorial: María Jesús Gil Iglesias
Colección dirigida por Marinella Terzi
Cubierta e ilustraciones: Antonio Tello

© Carmen Vázquez-Vigo, 1981
© Ediciones SM
   Joaquín Turina, 39 - 28044 Madrid

Comercializa: CESMA, SA - Aguacate, 43 - 28044 Madrid

ISBN: 84-348-0898-6
Depósito legal: M-49013-2002
Preimpresión: Grafilia, SL
Impreso en España/*Printed in Spain*
Orymu, SA - Ruiz de Alda, 1 - Pinto (Madrid)

A Verónica y Álvaro,
que siempre van conmigo

1

POR LA mañana el barrio se estaba desperezando. No era feo ni tampoco bonito. Nuevo, sí. Se notaba que todo acababa de hacerse: las casas blancas, de tres o cuatro pisos, iguales unas a otras; el quiosco de refrescos con un cartel anunciando «Horchata. Limonada. Polos»; el cine, con un Tarzán dibujado torpemente en la fachada y el título de la película en letras rojas: «El cementerio de los elefantes».

De tanto en tanto un solar, como promesa de edificios más importantes; pero, por el momento, sólo se veía lo que puede hacerse de prisa y con escaso dinero.

En los balcones, ropa tendida y tiestos con geranios. Una señora ponía lechuga al canario, que cantaba a pleno pulmón, y otra, con larga bata de pirineo y la cabeza llena de rulos, charlaba en el portal con una vecina.

Un muchacho pasó montado en un triciclo de reparto, silbando, y echó una mirada golosa al anuncio del cine. Seguro que el domingo siguiente se dejaría allí su dinerito.

Por la calzada caminaba un perro, también contento de la vida. Y quizá no lo hubiera estado tanto si hubiera podido mirarse en un espejo y entendiese de razas caninas.

Era a trozos color chocolate y a trozos color chorizo. O, dicho más seriamente, entre marrón y colorado. Tenía la cabeza grande, las patas cortas y el rabo indeciso, porque apenas iniciaba una gallarda curva hacia arriba, volvía a caer como si le hubieran hecho un nudo en medio. Pero hemos de decir en su favor, porque es cierto, que tenía una expresión inteligente y simpática, como de perro golfo que era.

No parecía que se dirigiese a ningún lugar fijo. Pasaba junto a la valla que cercaba un solar, donde se amontonaban carteles de publicidad: el de una marca de cerveza que habla de yates y playas exóticas; el de un jabón que promete a todas las mujeres el rostro de las artistas de cine; el de un circo.

Donde estaba pintado el bombo que tocaba una muchacha vestida de soldadito de mentira había un agujero. Y a través del agujero asomaba la mano de un niño ofreciendo un pedazo de pan. No era gran cosa, pero al chucho, que debía de pasar su hambre correspondiente, le pareció un manjar de reyes.

La mano se retiró lentamente y el perro saltó por el boquete de la valla, siguiendo la invitación.

Poco después se oyeron risas de chiquillos y el estruendo que hace una ristra de botes vacíos atados al rabo de un perro despavorido.

El bicho volvió a saltar por el agujero corriendo a toda velocidad, mientras, en lo alto de la valla, aparecían Toño y sus amigos —pelos revueltos, ropas cuidadosamente apañadas, caras traviesas— formando un coro de carcajadas.

Toño, que evidentemente era el jefe del grupo, lanzó un grito que suponía característico de los indios comanches cuando festejan un triunfo, y los demás lo imitaron con una potencia que les hubieran enviado los propios comanches.

El perro, con su molesta carga, se alejaba por la acera de enfrente, a lo largo de una hilera de casas idénticas. En la planta baja de una de ellas había una huevería. Así lo proclamaba la enseña: EL GALLO DE ORO. *Joaquín Fernández, propietario.*

Buscando un refugio, sin duda, el animal se metió en la tienda; pero como lo hizo sin ninguna delicadeza —no era fino, ya lo hemos dicho, y si lo hubiera sido se le hubiera olvidado con el susto— derribó varias cajas de huevos que don Joaquín se disponía a colocar en el mostrador.

La cara del comerciante, que en honor a la verdad nunca resultaba muy agradable, se convirtió en la de un demonio asiático. Gritando como un energúmeno se lanzó en persecución del intruso, que, más ágil, rápidamente se puso fuera de su alcance.

Poco después cruzaba como una centella por el solar donde jugaban a la pelota Pepito y sus amigos: Quique, Curro y El Chino.

No era una pelota de verdad, sino una bola de calcetines viejos atados con una cuerda; pero cumplía muy bien con su misión. Los chicos se la pasaban unos a otros hábilmente, expertos en la materia. Más que ninguno, El Chino, llamado así por sus ojitos pequeños y algo oblicuos, que era un as en eso del *chut* y de la finta.

Algo más adelante, el perro se vio obligado a detenerse porque la ristra de botes se le enganchó en un poste de teléfonos.

Los chicos corrieron hacia él y, rodeándolo, se pusieron a examinarlo con atención.

—Este chucho no es del barrio —dijo Pepito con aire de enterado—. No lo he visto nunca por aquí.

Quique, aprovechando la pausa en el juego, sacó del bolsillo un bocadillo grande como un submarino. Sus amigos se preguntaban cómo podía comer tanto y tener hambre siempre; pero era un hecho que no admitía duda ni discusión.

Su madre, desconsolada, solía decir: «Si al menos le luciera...». Porque el hambre de su hijo, encima de que desequilibraba el presupuesto familiar, no le servía para engordar ni un gramo. Quique, patilargo y renegrido, era flaco como una espina, como un alambre, como todo lo que hay de más flaco en este mundo.

Aplicando el primer mordisco al bocadillo, comentó:

—Es feo.

Evidentemente, se refería al perro.

El Chino, que siempre tenía ganas de discutir, dijo:

—¿Tú qué entiendes?

—No hay más que verlo.

Pepito y Curro, más prácticos, se dedicaban a liberar al animal y a quitarle el apéndice que habían añadido al suyo natural.

—Pues has de saber que hay perros finos que son horrorosos —continuaba El Chino, empeñado en imponer su punto de vista—. Ahí tienes a los de doña Virtudes, sin ir más lejos.

Quique se encogió de hombros, escéptico.

—Yo no me creo que sean finos. Lo que son es canijos.

A Curro le molestaba la seguridad con que hablaba El Chino.

—¡No te hagas el sabi... sabi...!

Le solía pasar eso de atascarse en una palabra cuando se ponía nervioso.

Pepito, servicial, completó:

—Sabihondo.

—Eso. Y luego resulta que no sabes nada de nada.

Quique, que se ofendía con facilidad, contestó airado:

—¿Nada de nada? ¿A que te digo los reyes godos?

—¡Vaya cosa! ¡Eso lo sabe cualquiera!

—¡Cualquiera no! Los que tenemos sesos y materia... materia...

No recordaba lo que venía después y lo solucionó señalándose la cabeza.

—Bueno. Materia de esa que hay que tener aquí.

—Se llama materia gris —puntualizó Curro, muy satisfecho de sus conocimientos.

Quique dijo trabajosamente, porque estaba tragando un enorme bocado:

—¡Qué gracia! De lo que tenemos dentro del cuerpo tú sabes mucho porque tu padre es practicante, que si no...

—Y porque voy a ser médico. Ya me estoy preparando.

Pepito acariciaba al perro, con el que parecía hacer muy buenas migas. Levantó la cabeza para preguntar:

—¿Cómo?

—Pues... voy juntando huesos.

Los chicos se quedaron un momento en silencio, impresionados por la revelación. A punto de atragantarse, Quique preguntó:

—Pero... ¿huesos de verdad?

—¡Claro!

El Chino estaba pálido.

—¿De persona?

Curro se echó a reír, no precisamente en las barbas de sus compañeros, pero sí en sus narices.

—No, hombre. De taba, de tuétano y de una gallina que echó mi madre al cocido el día de mi santo. Pero por algo se empieza.

El Chino movía la cabeza de un lado a otro, pensativo.

—Yo no le veo la gracia a eso de ser médico. Siempre entre pestes y epidemias, para que luego te dé una mala enfermedad y tengan que ponerte inyecciones y te hagan tomar todas esas porquerías que nos dan cuando nos ponemos malos.

—¡Ah! —aclaró Curro—, pero es que yo, cuando sea médico y tenga que curar a un chico, diré: «Nada de medicinas. Chocolate, helados y cosas así».

Quique no pudo ocultar su admiración.

—¡Vas a ser un gran médico!

El Chino, algo resentido porque a él no lo admiraba nadie, anunció:

—Yo seré futbolista. No hay que estudiar nada. Sólo jugar al fútbol, que es lo bueno —y dirigiéndose a Quique—: ¿Y tú?

—No lo tengo pensado, pero creo que pondré una cafetería. Así podré comer todas las tortitas con nata que se me antojen y gratis.

Unas voces interrumpieron la conversación. Por la acera opuesta iban Toño y sus amigos. Pepito, que sabía cómo las gastaba, dijo:

—¡Seguro que lo del perro ha sido cosa de ése!

—¿Por qué?

—El otro día le echó alquitrán al gato del carbonero. Le da por hacer faenas.

—¡Si se las hicieran a él...!

Pepito, que estaba atando una cuerda al cuello del perro, se incorporó. En su rostro, la misma luz justiciera que debía de tener Espartaco al frente de sus gladiadores.

—¡Y se las vamos a hacer!

El Chino lo miró con gesto de duda.

—¿Echarle alquitrán? No se va a dejar.

—No. Algo por el estilo.

Echó a andar con la cuerda que sujetaba al chucho en una mano y la ristra de botes en la otra.

—¡Vamos!

Más curiosos que obedientes, los chicos lo siguieron hasta la casa de Toño. Nada la distinguía de las demás, excepto la moto bastante usada, llena de espejitos, distintivos de clubes y banderines que estaba estacionada frente al portal.

Se aseguraron de que no venía nadie y, señalando la moto, Pepito preguntó:

—Es la del hermano de Toño, ¿no?

—Se la compró de tercera mano. Y todavía dice que va a doscientos por hora. ¡El Manolo es más fan... fan...!

—Fantasmas son los dos.

El Chino continuaba la frase de Curro para llegar a lo que le dolía.

—Toño anda diciendo por ahí que si juega un partido con nosotros nos mete cinco goles en el primer tiempo. ¡De dónde!

Pepito, resuelto, dijo a Quique:

—Sujeta al perro y no te muevas.

—¿Qué vas a hacer?

Sacando pecho y poniendo la voz gorda, Pepito contestó:

—Justicia.

Cruzó la calle, volvió a asegurarse de que no venía nadie y, agachándose, ató la ristra de botes roñosos a la parte posterior de la moto.

Una vez terminada la operación volvió al portal que les servía de refugio y puesto de vigilancia. Sus amigos no se atrevían a preguntarle nada. Ni siquiera a sugerirle que tal vez fuera conveniente una discreta retirada. Conocían al Manolo muy bien y sabían que, si Toño era bruto, no podía competir en ese punto con su hermano por mucho que se esmerara.

Dando patadas a una piedra y riéndose de Dios sabe qué, aparecieron Toño y sus camaradas Leo y Moncho. Justo al llegar frente a su casa salía Manolo, un mozo de veinte años, con el pelo arrancándole de las cejas y brazos de aizkolari.

Sin pararse a mirar nada, ignorando la presencia de su hermano y la compañía, se montó en la moto y la puso en marcha. El ruido consiguiente, como de traca de fiesta grande, debió de oírse en todo el barrio.

Manolo detuvo el artefacto, se bajó, observó los botes causantes del estruendo y, sin decir nada, con expresión más cerrada que nunca, se acercó a Toño y le propinó una bofetada.

En el refugio de los vengadores había ambiente de triunfo. La ocasión era tan especial que Pepito, aun a riesgo de parecer cursi, dijo:

—Sin justicia el mundo no andaría bien.

Fue coreado con comentarios de aprobación, en voz baja, no fuera a darse cuenta Toño y se desquitara con ellos de su furia. Estaba colorado, con los ojos brillantes y la mano en la mejilla. Leo soltó la risa; pero en seguida, ante la actitud amenazadora de Toño, optó por meterse las manos en los bolsillos y alejarse silbando. Moncho fue detrás y la víctima del castigo entró en la casa. Si esa vez no había hecho nada malo, otras muchas sí. Iba lo uno por lo otro.

Pepito y los suyos aprovecharon la ocasión para salir del portal y dirigirse al solar que era, además de campo de juego, centro de deliberaciones y club social.

El perro husmeaba interesado el bolsillo de Quique. Curro preguntó:

—¿No te queda nada del bocadillo?

El aludido contestó, mirando para otro sitio y sin mover un dedo:

—Sí.

—Dale un poco —dijo Pepito—. No seas agarrado.

Quique se resistía, defendiendo sus bienes.

—No le va a gustar.

—¿Por qué?

—Es de anchoas. Y nunca se ha visto a un perro que coma anchoas.

—Dale, a ver.

Quique no sabía qué más argumentar para evitar el peligro.

—Los que comen anchoas son los gatos.

Casi violentamente, con gesto de reprobación, Pepito metió la mano en el bolsillo de su amigo y sacó un envoltorio grasiento. Ofreció el resto de bocadillo al chucho, que se lo tragó en un segundo, relamiéndose después.

—¿Ves cómo sí le gusta?

Quique, contrariado por la comprobación, todavía se dignó agregar:

—Es un perro muy raro.

Pepito acariciaba al animalito, que le devolvía

la caricia a su modo, con lametones y frenéticos movimientos de rabo.

Los otros chicos se agacharon también formando un círculo a su alrededor. Luego de un momento de reflexión —todos pensaban la misma cosa—, Curro dijo:

—Yo me lo llevaría, pero mi padre no quiere bichos en casa. Dice que son antihigiénicos.

—Sí, señor. Son antihigiénicos —afirmó Quique con energía—. En cuanto te descuidas te pegan una pulmonía o algo peor.

—Lo que pegan son pulgas —dijo sencillamente El Chino.

Quique volvió al argumento que le parecía más indiscutible.

—Y además es feo.

Pepito le dirigió una mirada despectiva.

—Tú, con tal de no darle de comer...

—Yo me lo quedaría si fuera de raza —dijo, repentinamente exquisito, El Chino.

—¡Si es de raza! —exclamó Pepito lleno de amistoso entusiasmo; pero tuvo que agregar, al ver la expresión desconfiada de los demás—: Bueno..., de raza desconocida.

Quique añadió, tozudo:

—Y fea.

Pepito ya no podía tolerar que se atacara a un animal que le demostraba tan clara predilección.

—¡Es un perro normal, como tienen que ser los perros! —y embalado como estaba, sin medir las consecuencias, continuó—: ¡Me lo llevo a casa!

En el silencio que siguió hubo un poco de admiración y envidia, todo junto.

—¿Qué nombre le vas a poner?

Pepito, a quien la pregunta pilló de improviso, miró al cielo como buscando inspiración.

—¡Boby! —propuso El Chino, encantado con su idea.

Los demás la acogieron con gesto fúnebre. No gustó.

Quique, esperando tener mejor suerte, chilló:

—¡Ya sé! ¡Sarita!

Pepito no pudo contener su asombro:

—¿Por qué Sarita?

Quique, entonces, debió de darse cuenta de su error porque explicó avergonzado:

—Mi abuela tenía una cotorra que se llamaba Sarita...

El perro era el único que no prestaba atención a las deliberaciones. Sentado en sus patas traseras, olía el papel grasiento tratando de encontrar, inútilmente, alguna miguita entre sus arrugas.

Pepito, como para sí, dijo:

—Tiene que ser un nombre de perro valiente, que no se deje asustar así como así, que luche sin cansarse...

Una idea que consideraba brillantísima se abrió paso en su mente.

—¡Ya está! ¡Se llamará Dragón!

Al oír ese nombre, inexplicablemente, el perro empezó a saltar con alegría desenfrenada en el centro del círculo indio. Primero se abalanzó sobre quien lo había pronunciado y después, a medida que los chicos lo repetían, festejaba a cada uno con igual entusiasmo.

—Es un perro simpático —tuvo que aceptar El Chino.

Quique, olvidado el disgusto del bocadillo, miraba a Dragón con ojos tiernos.

—Y se ve que es inteligente.

—Y seguro que es de ra... ra... ra... —Naturalmente, era Curro el que hablaba.

18

—¡De una raza de las mejores! —puntualizó Pepito.

El perro estaba admitido en la banda y muy especialmente en su corazón. Que su madre lo admitiera en casa ya era otro cantar.

2

Pepito vivía en el mismo edificio en cuya planta baja estaba la huevería de don Joaquín. Al llegar frente a la tienda avanzó despacio, tratando de esconder a Dragón entre sus piernas.

En la acera de la huevería vio una pila de cajas de cartón vacías; tomó una y metió al perro dentro, venciendo a duras penas su resistencia. Luego tomó la caja en brazos e inició más animado el camino hacia su casa.

Don Joaquín aún estaba limpiando las huellas del desastre causado por Dragón. Y no debió de ser pequeño. Claras y yemas de huevo pringándolo todo, cáscaras machacadas, plumas que volaban blandamente por el aire.

Blandiendo una escoba y un trapo, decía a su mujer, delgadita y con cara de susto:

—¡Deberían matar a todos los perros! ¡A todos! No sé qué hace el Ayuntamiento. Los contribuyentes pagamos y los laceros se rascan la barriga.

Ella asentía, también bayeta en mano, y a Pepito le corrió un escalofrío por la espalda. Si don Joaquín descubría a Dragón era fácil imaginar lo que sucedería.

Por más que intentaba pasar inadvertido, don Joaquín lo vio, con su caja entre los brazos. El chico, muy cumplido, dijo:

—Buenas...

El huevero, por toda respuesta, soltó un gruñido

que podía significar muchas cosas, pero ninguna agradable.

Pepito subió de prisa la escalera y, al llegar al segundo piso, abrió la puerta con cuidado para no hacer ruido.

Su casa era pequeña, modesta, ordenada. Tenía dos dormitorios y un comedor donde su madre, que era modista, cosía. Se llamaba Amelia.

En ese momento hablaba con una clienta, doña Clara. Pepito la conocía y no le gustaba lo que se dice nada. Era, más que robusta, enorme. La carne se le amontonaba en el cuello, las muñecas y los tobillos, como a esos bebés que hacen exclamar: «¡Qué rico, si parece un rollo de manteca!», y en los cuales Pepito no lograba encontrar el menor atractivo.

Iba peinada y vestida con ilusión de jovencita, aunque había dejado la juventud hacía tiempo y con melancolía.

El chico la oyó decir:

—¿Usted cree que me quedará bien, Amelia?

—Ahora lo veremos. Aunque en la primera prueba...

La mujer hizo un mohín de preocupación.

—No sé si me hará mayor. Debí habérmelo comprado rojo.

Amelia, acostumbrada a esas luchas, dijo, comprensiva:

—El amarillo también es bonito.

—Sí, pero triste.

Entonces fue cuando la madre vio a Pepito, que se había quedado en la puerta sin saber qué hacer.

—Hola, hijo. Tienes la merienda en la cocina.

—Ya voy.

Pero el chico, en vez de ir hacia allí, atravesó el

comedor casi corriendo y se metió en su dormitorio.

Era una habitación diminuta, con una cama, un armario de luna y una silla. Nunca le había importado que fuera así de pequeña y con tan pocos muebles; pero en la situación en que se encontraba hubiera dado todas sus chapas, sus libros de aventuras y hasta su bolígrafo de cuatro colores porque en el cuarto hubiera montones de sitios donde esconder a Dragón. En su caso, la elección era difícil y obligada: o el armario o la cama. Y tenía que decidirse en seguida. El perro se impacientaba y la caja se movía peligrosamente.

Intentó meterla debajo de la cama pero, como imaginaba, no cabía. Además, el perro había conseguido romper el cartón y un morro peludo asomaba como pidiendo ser liberado cuanto antes.

No podía pensarlo más. Sacó al animal de su encierro y lo metió en el armario. Luego aplastó los restos de la caja y los escondió bajo la cama.

Menos mal que la operación fue realizada con la celeridad necesaria porque Amelia, que utilizaba el lugar como cuarto de pruebas, entraba ya seguida por Clara.

Al ver allí a su hijo le volvió a decir:

—Vete a merendar a la cocina, anda.

El chico inició una resistencia que sabía inútil, pero que retrasaría el momento del desastre.

—No tengo hambre.

Doña Clara le dedicó una sonrisa meliflua que le marcaba tres curvas más en la sotabarba.

—Si no comes, no crecerás.

A Pepito se le acentuó el malhumor que le causaba siempre la señora. Contestó, seco:

—Sí crezco.

—Pues no engordarás.

Él estuvo a punto de decir que si por desgracia engordaba tanto como ella se metería para siempre en un hoyo cavado con sus propias manos; pero se limitó a responder:

—Sí engordo.

Doña Clara, violenta ante el fracaso de sus intentos de aproximación amistosa, insistió:

—Bueno, pues... no serás un muchacho guapo.

Pepito, erre que erre:

—No quiero ser un muchacho guapo.

La madre tuvo que intervenir.

—No seas impertinente, Pepito. Y vete a merendar.

Esta vez su tono no admitía réplica. No le quedó más remedio que abandonar la habitación, expresando su disconformidad con un gesto de inocente desterrado y arrastrando ruidosamente los pies.

En el exiguo cuarto de baño había una rejilla cuadrada que hacía función de desagüe. Tiempo atrás, Pepito había descubierto que quitando la rejilla y haciendo bocina con las manos se podía hablar bajo y, sin embargo, ser oído por El Chino, que vivía en el piso inferior.

Dio unos golpes en el tubo de conducción del agua con el mango de un paraguas. Era el santo y seña. Cuando esto sucedía, El Chino se ponía a la escucha en seguida. Y esa vez tardó menos que nunca porque estaba pendiente de las noticias de su amigo. Sabía que la entrada de Dragón podía ser causa de muchas y grandes dificultades.

Su voz se oyó claramente.

—Aquí X-Z-23 a la escucha. Cambio.

Este «cambio» se subrayaba con otro golpe en el caño, igual al utilizado por Pepito en la llamada.

—Dragón en lugar seguro —comunicó Pepito—. Cambio.

—¿Lo sabe tu madre? Cambio.

—Todavía no. Está con señora pelma. Cambio.

Apenas acababa de transmitir esta frase cuando Pepito oyó un alarido de doña Clara. Temiendo lo peor, y por muy poco que le apeteciera, fue a su habitación.

Allí reinaban la confusión y el pánico. La puerta del armario, abierta; doña Clara, derrumbada sobre la cama, y Dragón, haciéndola objeto de sus más efusivos lametones.

La mujer gritaba como si estuviera siendo atacada por la serpiente de los siete mares.

—¡Quíteme esto de encima, Amelia...! ¡Que me va a dar algo...!

La modista, asombrada, balbuceaba:

—Le aseguro que hace un rato no había ningún perro en casa. No sé cómo...

Doña Clara se llevaba la mano al corazón, aspaventera y gimoteante.

—¡Ay! ¡Que este susto me va a costar una enfermedad...! ¡Con lo delicada que yo soy...!

Pepito, desde la puerta del cuarto y con cara de culpa, llamó:

—¡Dragón, ven aquí!

El perro, reconociendo a su nuevo amo, corrió hacia él y ambos se escabulleron prudentemente hasta que pasara la tormenta.

La cliente, recobrado ya el aliento, se puso de pie y exclamó muy digna:

—¡Antes de tener un hijo así, prefiero quedarme soltera!

Y salió a la calle con el mismo vestido de la prueba, lleno de alfileres e hilvanes.

Después del portazo furibundo, Amelia llamó a su hijo y le dijo severamente:

—¿Me puedes explicar qué hacía ese animal en el armario?

—Lo encontré en el solar. Y no es un animal.

—¿Ah, no?

—Es Dragón.

—Se llame como se llame, es un animal.

El perro se daba cuenta de que las cosas no marchaban bien para él. Tratando de congraciarse con el ama de casa, fue tímidamente hacia ella y se sentó con las patas delanteras en el aire. Amelia sonrió.

Aprovechando el buen cariz que tomaba la situación, Pepito dijo:

—¿Me lo puedo quedar?

La madre acarició la cabeza hirsuta del chucho y preguntó:

—¿Cómo dices que se llama?

3

EL COMEDOR de la casa tenía un balcón-terraza con barandilla de hierro. Allí estaba el cajón, algo elevado del suelo por cuatro patas no muy iguales, que ostentaba en una de sus caras un rótulo: DRAGÓN.

El perro, Pepito, Quique y El Chino lo contemplaban admirados. Curro aún sostenía el bote de pintura verde y el pincel que le habían servido para hacer su obra.

—Ha quedado bien, ¿eh? —preguntó, para que le regalaran los oídos con elogios y no porque dudara de su habilidad, de la que estaba muy seguro.

—Muy bien —contestaron los chicos a coro.

—Y eso que estoy enfermo —aclaró el artista—. Que si no, igual lo hago en letras chinas.

—¿Qué enfermedad tienes? —preguntó, intrigado, El Chino.

Curro estornudó sonoramente.

—¿No lo ves? Catarro.

Quique soltó la carcajada.

—¡Valiente cosa!

—¿Ah, sí? —protestó Curro, fastidiado porque tomaban tan poco en serio sus males—. Pues para que veas, anoche he tenido cuarenta de fiebre. Y a lo mejor, hasta me tienen que operar.

—¿Del catarro?

—Sí, señor.

—Eso no puede ser.

26

—Lo ha dicho mi padre, que es practicante y sabe.

—Pues yo nunca he oído...

Cuando parecía que iba a empezar una discusión de imprevisibles consecuencias, entró la madre de Pepito con una niña de la mano.

—Ésta es Queti. Que juegue con vosotros mientras le pruebo a su tía. A ser formales, ¿eh? —añadió antes de cerrar la puerta.

La recién llegada era tan delgada como Quique, y tan rubia como él era renegrido. Llevaba el pelo muy largo y un vestido más elegante de lo que era frecuente ver en el barrio.

Pepito, como dueño de casa que era, se sintió en la obligación de ser amable.

—¿A qué quieres jugar?

Sin esperar respuesta, Curro exclamó, llevándose la mano al bolsillo y haciendo sonar su contenido:

—¡A las chapas!

—Yo no sé jugar a las chapas —dijo Queti.

Los chicos se miraron extrañados porque Trini, la hermana del Chino, sí sabía. Y a veces hasta les daba unas tremendas palizas.

—¿Y a pieles rojas? —propuso Pepito.

—Tampoco sé.

Mientras, se preguntaba en qué había empleado esa niña los años de su vida. Curro explicó:

—Es muy fácil. Verás: tú eras una princesa india, prisionera de los sucios comanches.

A Queti le brillaron los ojos.

—¿Princesa? Bueno.

—Para que se note que estás prisionera, te atamos a la barandilla del balcón y...

—¿Que me vais a atar?

—Flojito —se apresuró a aclarar Pepito—. Es muy divertido.

Quique señaló al Chino.

—Éste, que era un sucio comanche, te ha hecho prisionera. Entonces nosotros, que éramos los valientes sioux...

El aludido no le dejó terminar.

—¡Yo no hago de comanche!

—¡No seas pesado, Chino!

—Yo, o soy sioux o no juego.

Convinieron en que todos serían sioux y que encontraban a la princesa atada a un árbol por obra de los sucios comanches. Árbol que sería, naturalmente, la barandilla del balcón; pero Queti no estaba de acuerdo.

—En el balcón no, que hace frío.

—Bueno —dijo Pepito, encontrando soluciones rápidas—. Te atamos a la pata del aparador.

Lo hicieron, utilizando cordones de cortina y tiras de tela que Amelia guardaba en un cajón. Y tan a conciencia que Queti no podía mover un solo dedo. Preguntó:

—¿Y ahora qué hago?

—Nada. Esperar a que nosotros vayamos a salvarte. Pero antes tenemos que fumar la pipa de la paz.

Sentados en el suelo, formaron un círculo y se fueron pasando una barra de regaliz que, bien mirado, podía parecer una pipa india auténtica.

Queti tenía poca paciencia. Cuando aún no habían terminado de chupar el regaliz, dijo:

—A mí este juego no me gusta. Desatadme.

—Espera, tenemos que hacer el plan de guerra.

—Bueno, pero que sea un plan de guerra corto.

Creía que una cosa así, tan importante, se pue-

de hacer en un dos por tres. Los chicos necesitaban dibujar un plano del terreno enemigo, calcular el número de hombres de que disponían y estudiar cuáles serían los lugares más convenientes para iniciar el ataque; pero Queti no se hacía cargo de esas dificultades. Con muy malos modos, gritó:

—¡O me soltáis en seguida o llamo a mi tía!

Intentaron convencerla de que así no aprendería nunca a ser una buena piel roja. Inútilmente. Ella empezó a chillar como si verdaderos comanches la estuvieran despellejando sin piedad.

Mientras sus amigos la desataban, Curro sacó del bolsillo un puñado de cosas y, para restablecer la calma, se las ofreció.

—¿Quieres un chicle? ¿O el cortaplumas? Es de los buenos, no te vayas a creer...

En las dos manos juntas de Curro había, además, unos cuantos cohetes. Quique agarró uno y lo examinó curiosamente.

—¿De dónde los sacaste?

—Me los dio la dueña de la mercería..., aquella que cerraron el año pasado, ¿os acordáis?

—¿Por qué no los disparamos? —dijo Queti, repentinamente animada.

—A lo mejor a mi madre no le gusta... —murmuró Pepito con bastante fundamento.

Pero Quique afirmó:

—Es igual. No van a estallar.

—¿Tú qué sabes? —protestó Curro.

—Estarán pasados. Harán ¡plop! y basta. Y tal vez ni siquiera hagan ¡plop!

Fastidiado por el tono sabelotodo de Quique, Pepito se lanzó:

—Vamos a verlo. ¡Fabricaremos la bomba Jota!

—¿Qué bomba?

—¿No habéis oído hablar de la bomba Hache? Pues la nuestra será la Jota.

En un rincón de la pequeña terraza había botellas y latas vacías. Pepito tomó una de las latas y, a medida que lo hacía, explicaba:

—Deshacemos los cohetes, echamos aquí la pólvora, le ponemos una mecha...

Queti, por si acaso, pensó que convenía comunicar a su tía la operación. La encontró en el cuarto de pruebas, hablando sin parar mientras Amelia ponía alfileres aquí y allá.

—Tía...

—No molestes, Queti.

—Es sólo para preguntarte una cosa.

—¿Qué?

—¿Podemos tirar la bomba?

Amelia preguntó a su vez:

—¿Qué bomba?

—La bomba Jota.

La clienta se echó a reír.

—Estos chicos tienen una imaginación... Me recuerdan los tiempos de mi infancia. Yo hablaba con una muñeca como si fuera de carne y hueso y hasta creía que me contestaba... ¡Dichosos tiempos!

—Entonces ¿podemos? —insistió Queti.

—Sí, hija, sí, anda.

En la terraza, los chicos contemplaban orgullosos el artefacto ya terminado. Queti anunció, triunfal:

—Que sí.

Curro encendió una cerilla y, antes de acercarla a la mecha, Pepito dijo:

—Hay que ver si no pasa nadie.

Los cinco miraron hacia abajo. Ni un alma. Entonces Pepito arrimó la mecha a la cerilla y El Chino tiró la lata a la calle.

Continuaron mirando hacia abajo en espera de acontecimientos. Nada.

—¿Lo veis? —dijo Quique—. Ya os lo dije. La pólvora estaba pasaba.

Desilusionados por el fracaso volvieron a la habitación. Y apenas lo hicieron sonó un ¡bang!, no estruendoso, pero sí bastante potente.

Curro, satisfecho, le soltó a Quique:

—¡No estaba pasada! Tú quieres dártelas de entendido y luego...

Inclinados otra vez sobre la barandilla, vieron un tremendo agujero en el toldo de la huevería El Gallo de Oro. Y, a través de él, a don Joaquín, mostrando un puño amenazante y mascullando terribles improperios.

Alarmadas por el ruido, aparecieron Amelia y la tía de Queti.

—¿Qué ha sido eso?

Los chicos, atemorizados, no contestaron.

—¿Qué es lo que ha sonado hace un momento? ¿Lo sabéis?

Y tanto que lo sabían. Ojalá pudieran no haberse enterado; pero no era cosa de andar con mentiras ni embrollos.

—Pues... la bomba.

—¿Qué dices?

—La bomba Jota, mamá.

—Pedí permiso para tirarla —dijo Queti.

Amelia se dejó caer sobre una silla.

—¿Pero era una bomba de verdad?

—Creímos que era un juego —añadió la tía de Queti—. Una broma de chiquillos...

32

Alguien llamaba a la puerta con fuertes golpes. La voz de don Joaquín tronaba:

—¡Sé que están ahí! ¡Los he visto! Si no abren, llamo a la policía.

Nadie se animaba a dar un paso. Por fin, asustada pero tratando de conservar la calma, Amelia abrió. El huevero apareció hecho una furia.

—¡Ahí están los granujas!

—Escuche, por favor...

—¡Y ése es el perro que me destrozó la tienda! —dijo el hombre señalando a Dragón, que meneaba el rabo en un absurdo intento de apaciguarlo—. ¡Dieciséis docenas de huevos rotos! ¡Cuatro gallinas sofocadas! Y ahora, para colmo, ¡esto! ¡Un agujero en mi toldo nuevo!

El Chino trató de quitar importancia al asunto:

—Tan nuevo no estaba, don Joaquín.

—¡Tú te callas, mocoso!

Y encarándose por turno con cada uno de los chicos, chilló:

—¡A ver! ¿Quién ha sido?

Silencio.

—¡Decídmelo o iréis todos a la comisaría!

Pepito dio un paso adelante con la expresión que debían de tener los mártires cristianos frente a los leones.

—Yo.

Pero también sus amigos estaban dispuestos a sacrificarse.

—Yo puse la pólvora —dijo Curro.

—Y yo, la mecha.

—Y yo lo tiré.

—¿Por qué la habéis tomado conmigo? —exclamó don Joaquín cambiando su tono furibundo por otro quejumbroso—. ¿Porque no os dejo jugar a la pelota delante de la tienda?

Sacando fuerzas de quién sabe dónde, Pepito explicó:

—No queríamos hacer nada malo. Tiramos la bomba creyendo que no iba a estallar. Como los cohetes eran viejos...

—¡Es cierto! ¡Es cierto! —afirmó Queti en un generoso arranque de solidaridad.

—Perdónelos, don Joaquín —también se sintió obligada a explicar Amelia—. Yo... yo he tenido algo de culpa.

—¡Con perdones y explicaciones no se compra un toldo nuevo!

—Yo creo que con un buen re... re... re... —empezó a decir Curro.

Pepito, que era su mejor traductor, continuó:

—Con un buen remiendo quedará como nuevo. No hace falta comprar otro.

—Yo se lo puedo arreglar. No se notará nada, se lo aseguro —dijo Amelia.

—Bueno, pero... ¿y los huevos? Dieciséis docenas, a setenta y cinco pesetas la docena, son... mil doscientas. Y cuatro gallinas que seguramente morirán del susto, a trescientas cada una...

—¿No le parecen un poco caras?

—¡Son gallinas hermosas, bien cebadas, con maíz, no con piensos artificiales!

—De todos modos... —insistió Amelia.

El hombre, que tan malo no era, dio un resoplido.

—Bueno. Digamos mil quinientas pesetas y no se hable más del asunto. Y lo hago por usted, doña Amelia, que por estos granujas...

Ella sonrió forzadamente.

—El caso es que, en este momento, no dispongo de ese dinero.

—¡Además! —exclamó el huevero.

—Pero lo tendré pronto. En cuanto entregue unos vestidos que...

No acabó la frase porque don Joaquín ya se había marchado lamentándose de su negra suerte.

Todos callaban mirando al suelo. El único que se atrevió a manifestar su alegría por la desaparición del huevero fue Dragón, apoyando el morro en la rodilla de Amelia. Ella lo acarició y dijo:

—Me parece que nos hemos metido en un buen lío.

4

PEPITO y sus amigos estaban en el solar, en «su» solar, serios, sumidos en hondas reflexiones. Hasta Dragón parecía hacerse cargo de la gravedad de la situación. No corría, no husmeaba una lata de sardinas que había por allí y que a lo mejor, quién sabe, aún podía conservar una gota de perfumado y sabroso aceite.

Quique sacó unos billetes.

—Cincuenta y ocho pesetas. No tengo más. Me las dio mi abuela por mi cumpleaños.

—¿Cincuenta y ocho pesetas justas? —dijo El Chino—. ¡Qué raro!

—Me dio cien. Pero el resto me lo gasté en... —se detuvo, sabiendo que su explicación no gustaría.

—En bocadillos de calamares y chocolate, ¿a que sí?

—Bueno —se defendió Quique—. Era mi dinero, ¿no? Y no sabía que iba a pasar esto.

Curro entregó dieciséis pesetas, y El Chino, veinticinco que esperaba fueran el principio de un balón de reglamento.

Pepito estaba contrariado.

—Os vais a quedar sin nada por mi culpa.

El Chino, que pateaba la lata de sardinas, dijo:

—Todos tuvimos que ver con la bomba.

—Claro —agregó Quique—. No vamos a dejar que te las arregles solo.

Pepito se sentó sobre el montón de ladrillos que marcaban la portería en emocionantes partidos.

—Si yo tuviera las mil quinientas pesetas no tomaría vuestro dinero; pero tampoco quiero que las pague mi madre.

Quique hacía mentalmente la cuenta.

—Cincuenta y ocho, más dieciséis, más veinticinco..., noventa y nueve justas.

Curro no pudo contener su asombro.

—¡Ahí va! ¡Qué tío!

—Saqué diez en aritmética —explicó Quique como sin darse importancia.

—Y hasta mil quinientas, ¿cuánto falta?

—Eso es más difícil —contestó Quique, sorprendido—, pero pasan de las mil.

En las caras de los chicos se reflejó un terrible desaliento. La suma les parecía como de historia de marcianos.

—¿Y de dónde las vamos a sacar?

Por la orilla del solar avanzaba doña Virtudes. Era una viejecita muy menuda y arreglada, vestida de negro, con una cintita al cuello de la que colgaba el retrato de su difunto marido. Llevaba dos perritos diminutos, flacos, de ojos saltones, al extremo de correas rojas y claveteadas.

Al pasar junto al grupo, dijo, afectuosa:

—¿Qué? ¿Tomando el sol?

Pepito, desde el fondo de sus problemas, encontró fuerzas para contestar, evasivo:

—Más o menos.

Dragón miró a los perritos sin la menor simpatía, hasta tal punto que les enseñó los dientes emitiendo un «grrrrr» amenazador.

La viejecita se sobresaltó.

—¿Muerde?

—No, no se preocupe, doña Virtudes —dijo Pepito; pero, por si las moscas, sujetó a su perro.

—Te gustan los animales, ¿eh?

—Algunos, sí.

Curro y El Chino se habían acercado a los dos perritos y los observaban como si fueran fósiles del cuaternario.

—¿Son perros, «perros», o cruzados con otra cosa? —no pudo por menos de preguntar Curro.

La señora rió.

—Son perros de verdad. Chihuahuas.

Al Chino lo que más le llamaba la atención eran las mantitas a cuadros rojos y verdes que lucían.

—¿Y por qué les pone eso?

—Para que no se enfríen. Son muy delicados. Necesitan vitaminas, comida especial..., muchos cuidados.

Los chihuahuas temblequeaban sobre sus patas de alambre como si les hubieran enchufado una corriente eléctrica. Doña Virtudes los miró cariñosamente y suspiró.

—Si no fuera por ellos no me movería de casa. Me cansa tanto andar...

Dragón, harto ya de importunos, renovó su «grrrr», pero esta vez con más fuerza que la anterior. La señora, prudente, decidió seguir su camino.

—Adiós, hijos.

Los chicos la siguieron con la mirada. De pronto Curro tuvo una idea. Y como no solía tener muchas estaba bastante nervioso.

—¿Por qué no saca... saca... saca...?

—¿Por qué no sacamos qué?

—¿Fotografías?

—¿Muelas?

—¡No! Los chi... chi... chi...

—¿Los chicos?

Curro empezaba a irritarse.

—¡A pa... paseo!

—No te enfades —dijo Pepito—. Sólo queremos ayudarte.

Curro respiró hondo y por fin lo dijo todo seguido.

—Que por qué no sacamos de paseo a los chihuahuas. Ya habéis oído que a doña Virtudes le cansa andar. Y como es la más rica del barrio, nos pagará para que los saquemos nosotros.

Todos estaban de acuerdo en que la idea era formidable. En lo que ya no estaban de acuerdo era en cuál de los cuatro se haría cargo del trabajo. Pepito dijo:

—Yo creo que los debe sacar Curro. La idea es suya y...

—Justamente. Yo, con dar la idea, ya hice bastante.

—Entonces tú, Quique.

—¡Sí! ¡Y que todos los chicos del barrio me tomen el pelo! No contéis conmigo.

Pepito miró al Chino, esperando que se mostrara más servicial que los otros. El as del fútbol dio a la lata de sardinas una patada que la mandó a la otra punta del solar y luego dijo:

—Si me pidieras otra cosa..., pero ir por la calle con esos bichos es más de lo que se le puede pedir a un hombre.

Pepito, resignado, anunció:

—Lo haré yo.

LA CASA de doña Virtudes era de las pocas antiguas que quedaban en la zona. Un hotelito de esos que sus propietarios construían «para estar en el campo» y que ya forman parte de la ciudad.

Se notaba que sus ocupantes disfrutaban, o habían disfrutado al menos, de buena situación económica. En el vestíbulo donde acababa de entrar Pepito había una consola con un gran espejo encima, un macetero con una hermosa planta y el retrato de un señor con grandes bigotes en un marco dorado.

El chico se había preparado para causar buena impresión: los calcetines estirados, las uñas limpias y el único par de pantalones que tenía sin zurcidos. Como para un festejo o un duelo.

La señora, sorprendida por la visita, le preguntó sonriendo:

—¿Qué quieres, hijo?

—Venía a... a... a...

Estaba como Curro cuando se ponía nervioso.

—¿A qué?

—A hablarle de un negocio.

—¿Ah, sí? Pues pasa, anda, que aquí hace mucha corriente.

Pepito no notaba corriente alguna, pero pensó que doña Virtudes, para eso del frío, debía de ser tan delicada como los chihuahuas.

Entraron en un cuarto muy grande lleno de floreros, estatuitas y más retratos de señores con bigote. Sobre la mesa, un mantel que debía de haber costado años bordar, un plato con pastas y una jarra de chocolate.

—Estaba a punto de merendar. ¿Te gusta el chocolate?

Pregunta cuya respuesta creía conocer, pero a

la que Pepito, extrañamente, contestó con un «no, gracias» tembloroso.

—¡Qué raro! A todos los chicos que conozco les gusta. ¿Y las pastas?

—No, señora, gracias —volvió a contestar con evidente esfuerzo.

—No lo entiendo. ¿No estarás malo?

En un arranque de sinceridad, Pepito se explicó.

—No, no estoy malo. Pero mi madre dice que cuando uno va de visita y le ofrecen algo debe contestar: «No, gracias».

—¿Y por qué?

—Tampoco lo entiendo. Pero como lo dice mi madre...

Ella le sirvió una taza de chocolate hasta arriba y le acercó el plato.

—Anda, come, que por una pastita no se va a enterar nadie.

Pepito, completamente de acuerdo con tan sensato razonamiento, tomó una pasta, luego otra, otra más, y en el curso de la conversación acabó echándose unas cuantas al bolsillo para Dragón y sus amigos.

Con la boca llena —también le había dicho su madre que no se hacía, pero ya no se acordaba— dijo que estaban muy buenas y que el chocolate era el mejor que había probado en su vida. Lo cual le valió una segunda taza servida generosamente por la halagada señora.

—Bueno..., ¿y cuál es el negocio?

Pepito, que con la alegría de la merienda casi se había olvidado de los chihuahuas, volvió a la triste realidad.

—Es que... me gustan mucho los animales, ya sabe. Y pensé que podría sacar de paseo a sus perritos. Así no necesita usted salir si no quiere.

Doña Virtudes le dio unas palmaditas cariñosas.

—¡Qué buen corazón tienes, hijo! ¡El cielo te lo pagará!

Alarmado por el equivocado cariz que tomaba el asunto, Pepito aclaró:

—A mí me convendría que también me lo pagara usted, señora.

Ella pareció sorprenderse, pero en seguida sonrió, comprensiva.

—Alguna cosilla que te quieres comprar, ¿no?

—No, no... Es que tengo deudas.

—¿Tan pronto? Vaya, vaya... ¿Y cuánto quieres por pasear a mis tesoritos? ¿Dos duros?

—¿Por cada uno?

—Por los dos.

Pepito se rascó una oreja y se atrevió a decir:

—Tenga en cuenta que los voy a cuidar bien..., que no voy a dejar que se mojen las patas ni les dé la corriente... Yo creo que cuatro duros no es mucho pedir.

—Bueno: veinte pesetas diarias.

—¿Empezamos ahora?

La señora se puso en pie y llamó:

—¡Nicky! ¡Titina! ¡Que vais a la calle!

Los perritos acudieron y les puso a cada uno su jersey a cuadros rojos y verdes y su correa. Luego los acompañó a los tres hasta la puerta diciéndoles adiós como si se marcharan a América.

Pepito no se atrevía a salir del portal con aquellos micos al lado. Si por casualidad se encontraba con Toño y los suyos, la guasa podía ser de campeonato; pero como había que cumplir lo pactado, echó a andar bien pegado a la pared.

Al dar la vuelta a la esquina tropezó con una figura familiar, la de Trini, la hermana del Chino.

Una chiquilla delgada y morena, vivaz y simpática, que lo mismo les ganaba a las chapas que pegaba una patada al balón casi con tanta potencia como su hermano.

—¿Qué llevas ahí? —preguntó a Pepito.

—¿No lo ves? Dos perros.

—¡Ah, claro! Es que así, de pronto...

—Son los de doña Virtudes. Me da veinte pesetas por sacarlos de paseo. Y como necesitamos dinero...

—Sí —dijo la chica—. El Chino me contó la historia del pollero. Yo también puedo ayudar. Tengo la colección de cromos de las Maravillas del Mundo casi completa y el hijo de la maestra me la quiere comprar.

—¿Cuánto te da?

—Todavía no sé. Estamos en discusiones. Pero por menos de veinte duros, nada.

Un grupo se acercaba por la misma acera, riendo y hablando a voces. Eran Toño, Leo y Moncho, justo lo que Pepito temía.

—¡Mirad! —exclamó Toño—. ¡Los chihuahuas ya tienen niñera!

—¡Cuidado! ¡Que no se pierdan los chiquitines! —dijo Leo poniendo la cómica voz de mujer, que era una de sus más famosas gracias.

—¿Cómo tienes valor para sacar a estas fieras a la calle? —añadió Moncho—. ¡Ay, qué miedo, mamá!

Trini se enfrentó valientemente con los tres.

—¡Dejaos de dar la lata, pesados!

Pepito, con las orejas rojas, pretendía hacerse el desentendido. No por cobardía, sino porque en esos momentos su deber era cuidar de los perritos y no meterse en peleas. Le pasaron por la cabeza en un segundo algunas historias que había leído, en las que se producía un milagro en los momentos de mayor peligro o desesperación. Imaginó que los chihuahuas se convertían en panteras de Somalia y se lanzaban sobre sus enemigos; que una mano gigantesca se abría paso entre las nubes para atraparlos y llevárselos por los aires, o, más modestamente, que aparecía un guardia y les mandaba irse a otro lado.

No sucedió nada de eso; pero sí algo que llenó de alegría a Pepito y a Trini. Sus camaradas venían hacia ellos. Y no solos. Curro llevaba de una cuerda a Dragón; El Chino, a un animalote que más parecía un becerro que un perro, y Quique, al perdiguero del quiosco de refrescos.

Ya a su lado, los chicos formaron una barricada en torno a Pepito.

Quique, en voz baja, explicó:

—Pensamos acompañarte porque eso de ir solo con los chihuahuas... Así, entre todos, apenas se ven.

—¿Cómo conseguiste que el dueño del quiosco te dejara al perro?

—Le dije que iba a hacerle un retrato.

—¿Y ése? —preguntó Pepito al Chino.

—Lo encontré en la obra de la plaza. ¡Me costó un trabajo que se dejara poner la cuerda!

Dragón, que seguía teniendo antipatía a los perrillos, les enseñó descaradamente los dientes. Pepito lo llamó al orden aplicándole un coscorrón, y la comitiva se puso en marcha ignorando las burlas de Toño y su amigos, que iban tras ella. Se trataba de conservar la calma; pero Curro la perdió el primero. Harto de las risas y las burlas, que eran cada vez más ruidosas, se volvió gritando:

—¡A ver si os dejáis de chin... chin... chin...!

Su «chinchin» desató más risas todavía. Empezaron a llamarle:

—¡Curro Tarta! ¡Curro Tarta! ¡Curro Tarta!

Era más de lo que Pepito y sus compañeros podían soportar. Que se metieran con Curro esos sucios comanches era una vergüenza para todos. Soltaron los perros y se enzarzaron en una pelea con puñetazos, mordiscos, ladridos, todo mezclado.

Como Toño y los suyos llevaban la peor parte en la refriega, optaron por retirarse en cuanto vieron una clarita.

Trini, que había colaborado activamente en el asunto, exclamó:

—¡Venid por más cuando queráis!

Pepito, preocupado por los chihuahuas, miró a su alrededor. Los vio muertos de miedo, refugiados en un portal, temblando más que nunca, sin correas ni mantas. Dragón llevaba entre los dientes, como un trofeo, un trozo de lana a cuadros rojos y verdes.

5

LOS CHICOS estaban sentados en la terracita de la casa de Pepe, con las piernas metidas entre los barrotes de la barandilla, colgando hacia la calle.

—Debiste cobrarle las veinte pesetas —dijo El Chino.

—¿Después de lo que pasó? Si le llevé los chihuahuas hechos una pena.

—¡Porque son unos gallinas, que si no...!

Dragón festejó con un ladrillo este comentario de Curro.

—Estamos igual que antes —suspiró Quique—. Y hace falta dinero. Vamos a ver..., ¿qué hace la gente para ganar dinero?

—Vender cosas —dijo Trini—. Yo estoy a punto de cerrar el trato con la colección de cromos. Veinte duros.

—Pero no es bastante.

No, no era bastante. Se quedaron callados, con la mirada fija en el vacío. De pronto, Trini exclamó:

—¡Mirad!

Señalaba un anuncio pegado en la valla de la acera de enfrente: CARAMELOS MU-MU, EXQUISITA GOLOSINA.

—Haremos caramelos y los venderemos en el mercado.

—¿Tú los sabes hacer? —preguntó Pepito.

46

—No; pero tu madre debe de tener un libro de cocina. Se lo voy a pedir.

Mientras la chica iba por el libro, Quique dijo:

—Hay que ir limpios, ¿eh? Con un mandil blanco. Eso hace buena impresión.

Curro aportó otra idea.

—Y con un gorro de papel que ponga el nombre del establecimiento: CASA CURRO.

El Chino protestó:

—¿Por qué CASA CURRO?

—¡No vamos a poner CASA EL CHINO!

El aludido respondió muy digno:

—Yo me llamo Alejandro.

Pepito dijo que se echaría a suertes y Trini entró con el libro, buscando en el índice.

—A ver... Caramelos..., en la ce.

—Claro, no va a ser en la ka.

—¡Aquí está! «Caramelos rápidos».

—¡Ah!, si son rápidos, mucho mejor.

Trini comenzó a leer.

—«Se añade un kilo de azúcar a un libro de leche y se pone a hervir hasta que esté a punto de hebra...»

—¿Qué es «punto de hebra»? —interrumpió su hermano.

—Aquí no lo dice. Y calla. «Se pica medio kilo de almendras y...»

Curro hizo un gesto de desaliento.

—¡Con lo caras que están las almendras! ¿No hay una receta que se llame «caramelos baratos» en vez de «caramelos rápidos»?

—No, no hay.

—Vamos a dejarnos de complicaciones —dijo Quique, práctico—. ¿Qué es lo que llevan todos los caramelos, sean rápidos o no?

—Azúcar.

—Eso es. Un caramelo tiene que estar dulce, lo demás son fantasías. Derretimos azúcar en un bote y...

Curro agarró el mismo que había contenido la pintura verde que utilizó para pintar el cajón del perro.

—¡Aquí! Los caramelos saldrán verdes, como si fueran de menta.

¿Y de dónde sacamos el azúcar? —dijo con tono sombrío El Chino—. Ni que lo fueran regalando por la calle.

—El que nos dan para el desayuno y la merienda.

Pepito encontraba soluciones casi siempre, pero ésta a Quique le pareció horrible.

—¿Y tomar la leche amarga?

—¡No piensas más que en comer! —protestó Trini—. ¿Qué harías si tuvieras que cruzar el desierto sólo con pan y agua?

—Es que a mí me parece una bobada ponerse a cruzar desiertos sin llevar una tortilla de patatas por lo menos.

—¿Y a cómo creéis que podemos vender los caramelos? —dijo Pepito.

—A dos pesetas —contestó Quique, muy seguro.

—¿No serán un poco caros?

—¡Qué va! Son caramelos de los buenos, no como los que venden por ahí...

Y todos imaginaron unos caramelos refinadísimos, envueltos en papel de celofán de brillantes colores, preparados con las mejores esencias bajo la dirección del más famoso repostero del mundo.

EL MERCADO, como siempre, estaba muy concurrido. Los chicos, a la entrada, se sentían algo desorientados con sus cestas en la mano, el mandil blanco y el gorro donde habían escrito en grandes letras de imprenta CASA TRINI. La suerte la había favorecido a ella.

—Tenéis tres docenas cada uno, ¿verdad?

Los chicos verificaron.

—Bueno. Nos separaremos, así los venderemos más pronto. Quique y El Chino, al piso de arriba. Tú, Curro, a la planta baja. Y Trini y yo nos quedamos en la puerta. Luego nos encontramos aquí mismo.

El más preocupado era Curro.

—¿Y cómo hay que decir para vender caramelos?

—Pues... «¡Al rico caramelo!» o «¡Caramelos de menta, que son los mejores!»

Curro se alejó gritando con entusiasmo: «¡Al rico ca... ca... ca...!» y Pepito pidió con todas sus fuerzas, para sus adentros, que Curro fuera capaz de decir entera la palabra «caramelo».

Trini y Pepito no tuvieron dificultades para vender su mercancía. Se les ocurrió agregar el adjetivo «refrescante» a la menta y, quizá porque hacía mucho calor, la gente compró de buena gana.

Como sus compañeros aún no venían, se acercaron, siempre con el fiel Dragón pegado a sus piernas, a un hombre que hablaba sin parar junto a una maleta abierta llena de calcetines.

—¡Vean, señores! ¡Vean y compren los famosos calcetines «Titán»! ¡Los únicos que no se rompen, no se encogen, no se destiñen!

Tenía a su alrededor un buen grupo de curiosos. Era divertido observar cómo movía las manos, adornadas con gruesos anillos, y cómo sacudía la cabeza subrayando cada palabra, como un pájaro carpintero picando el tronco de un árbol.

—¡Aprovechen esta ocasión única que les ofrece la moderna industria del calcetín! ¡Oferta especial! ¡Tres pares de estos estupendos, inigualables calcetines, al módico precio de ciento noventa y nueve pesetas! Pero dense prisa porque la oferta es limitada, señoras y señores...

A Dragón le dio por husmear en la maleta y el comerciante lo espantó como a una mosca.

—¡Quita, bicho!

A Pepito se le ocurrió una idea para aumentar sus ingresos.

—Oiga... ¿No necesita ayudantes?

—Bueno está el negocio para ayudantes —contestó el hombre de mal genio y en voz baja.

—Vendería más —insistió el chico—. Sólo le cobramos un duro cada uno. Y en el precio entra también el perro.

Dragón, como para acabar de convencer al comerciante, hizo su gracia habitual: sentarse en sus patas traseras y levantar las otras dos quedándose inmóvil.

—¿Sería capaz de sostener un paz de calcetines en la boca? —preguntó el hombre, calculando las posibilidades del asunto.

Pepito, sinceramente convencido de que su perro era capaz de eso y hasta de recitar la tabla del dos si se lo propusiera, dijo:

—¡Naturalmente!

—Bueno. Mándale que lo haga. Pero que no los vaya a romper, ¿eh?

Dragón atrapó los calcetines y, muy orondo, los enseñaba al público. Tuvo mucho éxito. La gente se paraba a mirarlo y hasta le ofrecieron un terrón de azúcar que él, consciente de su deber, no aceptó. Un gesto emocionante que su amo agradeció en cuanto valía.

En vista de que la parroquia parecía aumentar gracias al perro, el hombre cerró el trato.

—De acuerdo. Un duro a cada uno. Lo que tenéis que hacer es sujetar un calcetín por las dos puntas y tirar cuando os lo diga. Sin exagerar...

Pepito y Trini hicieron lo que les mandaba y el comerciante volvió a su tono chillón.

—¡Vean, señores, vean! ¡El famoso calcetín «Titán» no se rompe aunque pasen años! ¡Aunque caiga en las fauces de una fiera! ¡Aunque tiren de él sin compasión! —Y bajando la voz de nuevo, ordenó—: Tirad. Con cuidado.

—¿Por qué? —dijo Trini—. Si son tan fuertes como usted dice no les pasará nada.

—Tú haz lo que te mando, niña, y no preguntes —y continuó gritando—: ¡Tres pares por ciento noventa y nueve pesetas! ¡Ridícula cantidad por tres pares de calcetines «Titán», elásticos, resistentes, elegantes!

Del corro de espectadores surgieron muchas peticiones. El hombre daba los calcetines a Pepito y a Trini, quienes a su vez los entregaban a los clientes. Y advertía:

—Fijaos bien en el dinero que os dan.

Cuando se acabó la mercadería y la gente se dispersó, el hombre cerró la maleta. Luego miró en una dirección y poniendo cara de susto exclamó:

—¡Los guardias! ¡Que vienen los guardias!

Los chicos también miraron, pero no vieron ningún guardia por los alrededores. Lo que vieron es que el hombre se marchaba casi corriendo.

—¡Eh, oiga...! ¡Que nos tiene que pagar!

Pero ya estaba lejos. Se escabullía entre la gente que impedía a los chicos llegar hasta él. Sin embargo, no había obstáculo para Dragón. Se colaba entre las piernas de todo el mundo con facilidad y ligereza.

Poco después daba alcance al tramposo a su modo: con los dientes.

Al sentir sus pantalones —y quizá cierta parte de su anatomía— entre las fauces del perro, el hombre chilló:

—¡Fuera, chucho, fuera! ¡Socorro! ¡Ayuda!

Pepito, ya junto a ellos, reclamó:

—Nuestro dinero. Quería marcharse sin pagarnos, ¿eh?

El alboroto llamó la atención de varias personas que se detuvieron a escuchar y el vendedor intentó justificarse.

—No, hombre, no. Es que los guardias...

—¡Ni guardias ni nada! —dijo Trini.

—¡O nos da los dos duros o le mando a mi perro que muerda más fuerte!

El individuo, amedrentado, entregó las dos monedas y Pepito ordenó a Dragón que soltara su presa; pero el perro le había tomado afición y no obedecía.

—¡Que lo sueltes, te digo!

Dragón lo hizo, de mala gana, y un hermoso siete apareció en los fondillos del pantalón del aprovechado.

La gente reía y comentaba:

—Bien merecido lo tiene.

—¡Vaya perro listo!

—No se deja robar...

Mientras el hombre se alejaba procurando ta-

parse el roto con la maleta, Pepito acarició a Dragón.

—Estuviste bien, pero te pasaste un poco.

Encontraron a los otros chicos en el lugar convenido.

—¿Vendisteis todos los caramelos?

—Todos —contestó Curro—. Toma, setenta y dos pesetas.

—Y las mías —dijo El Chino entregando la misma cantidad.

—¿Y tú?

Quique, balanceándose sobre uno y otro pie como si le hubiera dado el baile de San Vito, murmuró:

—Yo sólo vendí treinta.

—¿Y los demás?

—Pues...

—¿Qué?

—Pues...

Trini lo apuntó con un dedo acusador.

—¡Te los comiste!

El silencio de Quique fue su confesión. Y cuando sus amigos echaron a andar los siguió a distancia, lleno de remordimientos.

6

Toño y sus camaradas, apoyados en la empalizada de una obra en construcción, tomaban el sol.

Moncho, muy excitado, explicaba:

—¡Os digo que tienen una industria! Los vi en el mercado, vendiendo caramelos, con un gorro que ponía el nombre de la fábrica.

Leo también estaba enterado de algo.

—¡Y Pepito hizo una bomba! Pero no de mentira... Estalló en el toldo de don Joaquín y le hizo un agujero así de grande.

Y al decirlo formó un círculo con las manos para dar idea del tamaño de lo que él consideraba una hazaña.

Ante el gesto escéptico de Toño, Moncho agregó más leña al fuego.

—Y el perro del otro día, el de los botes, lo tiene él.

—¿Pero quién lo descubrió? —dijo Toño, tratando de mantener su tambaleante prestigio—. ¡Yo!

—¡Bastante le importa! Ahora es suyo.

Toño se encogió de hombros.

—Yo no me pego con nadie por un perro pulgoso.

—Le he enseñado a hacer un montón de cosas. ¡Lo mismo lo quieren en un circo!

—Y los caramelos eran estupendos —confesó Leo—. Yo les compré dos.

Toño lo tomó como una ofensa personal.

—¿Que les has comprado...? ¡Desde este momento no perteneces a mi banda!

—¡Mejor! Contigo se aburre uno.

—¿Ah, sí, eh? —Moncho comprendió que debía recurrir a soluciones extremas—. ¿Qué te juegas que los retamos al fútbol y les ganamos?

Los chicos reflexionaron. La posibilidad de derrotar a sus adversarios en el terreno del deporte les parecía la mejor de todas. Sin embargo, Leo observó:

—Ellos tienen al Chino, que es un as.

—Pero nunca ha jugado conmigo —declaró Toño, petulante—. ¡Ya veréis lo que hago yo con los ases!

Parecía muy seguro de sí mismo, pero la verdad es que no lo estaba tanto. Últimamente la suerte le daba la espalda y, en cambio, protegía a Pepito. Si continuaba así sería la burla del barrio. Tenía que decidir algo y pronto.

Con esta idea y haciendo de tripas corazón, se fue a ver a Pepito. Éste lo recibió con gran sorpresa; pero, procurando ser amable, lo invitó a sentarse en la cama y a regaliz que había quedado del juego indio y que no por chupado estaba menos sabroso.

A Toño apenas le salía la voz.

—Vengo a proponerte un negocio.

A Pepito, la palabra «negocio», dadas las circunstancias, le hizo abrir bien las orejas.

—Verás..., mis amigos se aburren —continuó Toño—. Dicen que hace mucho que no pasa nada... y les he prometido organizar un partido de fútbol de los buenos. ¿Qué te parece?

—A mí, bien. Sólo que vais a perder.

—Eso no es seguro.

—Sí que lo es. ¿Tú has visto jugar al Chino?

—Sé que es bueno.

—¡Ah!..., si no te importa perder, jugamos.

—Es que no puedo perder —dijo Toño con voz sombría.

Pepito no entendía nada.

—Jugamos, pero ganamos nosotros —explicó Toño—. A ti te hace falta dinero, ¿no?

—Y bastante.

—Yo te puedo dar cincuenta pelas.

Pepito estaba emocionado. Pensar que a Toño le preocupaban sus problemas hasta el punto de... Menos mal que antes de echarse en sus brazos, como tenía ganas de hacer, Toño prosiguió:

—A cambio de algo, naturalmente.

—¿De qué?

—De que os dejéis ganar.

Pepito no podía creer en lo que oía.

—¿Y no te da vergüenza?

Toño lo estaba pasando fatal.

—Hay razones... de fuerza mayor. Cincuenta pesetas. Y el balón lo ponemos nosotros. Tengo uno de reglamento.

Pepito recordó su pelota, hecha con calcetines viejos, y pensó que sería bárbaro jugar con una de verdad.

—No sé..., a lo mejor los chicos no quieren.

—Habla con ellos. Pero a los míos, ni una palabra, ¿eh?

—Ni una palabra —contestó Pepe, solemne. Y para probar su absoluta fidelidad a la promesa agregó—: Cruz y raya.

Toño, satisfecho y confiado, se marchó a su casa. Pepito se quedó preocupado. La oferta era tentadora, pero pensaba que sus amigos no iban a aprobar el plan.

¿QUE NOS tenemos que dejar ganar? —exclamó El Chino cuando lo supo.

—Nos da cincuenta pesetas.

Tampoco a Curro le gustaba la cosa.

—¿Y el honor? Ya no podremos llamar a nuestro equipo «El invencible».

Quique, más práctico, argumentó:

—Dejaos de tonterías. Cincuenta pesetas son cincuenta pesetas.

—Y don Joaquín, cada vez que me ve, dice que se está cansando de esperar —añadió Pepito.

No había mucho donde elegir. O aceptaban la propuesta o la rechazaban; pero en este último caso dejaban escapar cincuenta hermosísimas y necesarias pesetas.

—¡Ya está! —decidió Quique—. Jugamos, cobramos el dinero y más adelante les damos una paliza de las gordas.

—¿Y con qué balón? —preguntó El Chino, en el mismo tono con que hubiera preguntado el día de su ejecución.

—Con el de Toño, que es de reglamento. Y hay que llevar botiquín.

—No tenemos.

—Ellos ponen el balón y nosotros el botiquín, qué menos.

—Mi padre tiene una pomada marrón muy buena —recordó Curro.

—¿Buena para qué?

Curro vaciló, rascándose una rodilla.

—No me acuerdo. Pero si mi padre dice que es buena, debe de servir para todo.

—¿Y equipos? Porque los de Toño tienen camisetas blancas y botas.

—¿De veras? —preguntó El Chino, impresionado.

—Su padrino, que es un rumboso.

—Los equipos no importan —dijo Pepito—. Se trata de jugar al fútbol, no de salir en las revistas.

—Yo no quiero que se rían de mí —protestó El Chino buscando la manera de zafarse del asunto; pero no le sirvió porque Quique terminó la discusión diciendo:

—No os preocupéis. Algo encontraremos en casa.

NATI Y RITA, las hermanas mellizas de Quique y más pequeñas que él, merendaban en su habitación. Sobre la mesa había muchos y grandes trozos de pan con mantequilla, dos vasos de leche y una onza de chocolate.

Quique entró con el pretexto de buscar un tebeo aunque lo que en realidad quería era quedarse solo un momento. Se le ocurrió decir:

—El pan está mejor con azúcar por encima.

Nati echó un vistazo a la mesa y dijo a su hermana:

—Se te ha olvidado el azucarero.

—Y tú, ¡qué graciosa! Te has traído una onza de chocolate y para mí ninguna. Si quieres azúcar, ve a buscarla.

—Bueno; pero el chocolate te lo traes tú.

Las dos se levantaron, enfurruñadas. Quique, sin hacer ruido, abrió el armario y encontró lo que buscaba: dos jerséis iguales, a rayas blancas y azules.

Antes de marcharse se detuvo para buscar un trozo de pan. La gula, como tantas otras veces, fue su perdición. Las chicas volvían para continuar su merienda. Quique, nervioso, hizo una bola con los jerséis y los metió debajo del suyo. Pero, para estómago, era demasiado. Sus hermanas no pudieron por menos de advertir la extraña protuberancia que deformaba la flaca silueta de Quique.

—¿Qué llevas ahí? —preguntó Nati.

Él, con la boca llena y pocas ganas de contestar, hizo un gesto vago.

—Ahí, debajo del jersey —aclaró Rita.

No le dio tiempo a inventarse una explicación. Nati ya había tirado de una manga rayada que asomaba como la trompa de un elefante dejando en evidencia al contrabandista.

—¿Para qué los quieres? —preguntó Rita, asombrada.

Quique tragó dificultosamente el monumental bocado y balbuceó:

—Uno para mí y otro para El Chino... Tenemos que jugar un partido importante y...

—¡Nada de eso! Los vais a poner perdidos.

—No, los cuidaremos bien, os lo prometo.

Rita no estaba dispuesta a oír más.

—¡Déjalos en su sitio o se lo digo a mamá!

—¡Calla! —suplicó su hermano poniéndose un dedo ante los labios—. Éste es un secreto entre vosotras y yo. Una operación confidencial, ¿entendéis?

A las niñas les gustó eso de la «operación confidencial», pero, aun así, no cedieron fácilmente.

—¿Qué nos das si te los dejamos?

Quique suspiró, desencantado del tan cacareado amor fraternal.

—¿No podéis hacer un favor por nada?

—Tú ayer no nos quisiste prestar las acuarelas, así que...

A Nati se le ocurrió un buen negocio.

—Por un caramelo de palo a cada una, sí.

—¡Ahora mismo!

Quique contestó la verdad.

—Ahora estoy sin fondos.

—Entonces el domingo —condescendió Rita.

—Está bien —asintió de mala gana Quique—. ¡Pero que conste que sois unas aprovechadas!

EN LOS jardincillos que adornaban la plaza del barrio había un banco. Y en el banco, mirándose con ojos embobados, una pareja: Pili, la hermana mayor de Curro, y Manolo, el ya conocido hermano de Toño.

Curro llegó, se sentó en el extremo del mismo banco y estuvo largo rato sin quitarles la vista de encima. Manolo, nervioso, le dijo:

—¿Por qué no te vas a jugar con tus amigos?

Firme como un policía montado del Canadá, rígido como un buda, Curro sólo articuló un monosílabo.

—No.

—Mira, Curro, que me estás cansando —dijo su hermana con tono amenazador.

—La calle es de todos. Yo también tengo derecho a estar aquí.

—¿Pero para qué? —preguntó Manolo.

—Para tomar el aire. Es bueno para los pulmones.

Pili ya no podía más.

—¡Si no te vas ahora mismo te voy a...!

Curro no perdió la calma. Dijo, amenazando a su vez:

—Y yo le cuento a papá que en vez de ir a la academia te estás aquí con Manolo. No le va a gustar.

La muchacha, de haber seguido su impulso, hubiera dado un tirón de orejas a su encantador hermanito; pero Manolo la frenó con la mirada, y dirigiéndose a Curro con una sonrisa sorprendentemente amable, dijo:

—Como eres un buen chico te vas a ir a comprar un helado con estos cinco duros.

—No me vendo por dinero —contestó Curro.

Manolo tenía que hacer un gran esfuerzo para dominarse.

—Entonces, ¿qué quieres, guapo?

—De ti, nada. De Pili...

—¿Qué?

—El jersey amarillo que te compraste el otro día.

Los jóvenes pensaron que Curro había tomado demasiado sol. Es bien sabido que eso puede producir alteraciones mentales.

—¿Y para qué lo quieres?

—Si hay que explicarlo todo, prefiero decirle a papá...

Pili estaba indignada.

—¡Eres un chantajista!

—Déjaselo, mujer —dijo Manolo—. Si con eso se marcha...

—Está bien —concedió Pili, obligada por las circunstancias—. Está en mi cómoda, en el cajón de arriba. ¡Y ya hablaremos en casa!

PEPITO revolvía en el armario de su madre. No encontraba nada que se prestara a sus fines. Sólo una blusa a cuadritos, de manga larga y cerrada por una fila de botones de nácar. Volvió a colgarla con cara de disgusto y fue al comedor, donde Amelia cosía.

—Hola, hijo. ¿No vas con tus amigos?

—No..., hace frío.

—¿Frío? Si estamos en pleno verano.

—Este verano es más frío que los otros —dijo Pepito tratando de llevar la conversación al punto que le importaba—. Y los catarros de verano son los peores. Deberías comprarte un jersey. No tienes ninguno.

—Tengo un abrigo.

—Sí, pero no sirve —contestó el chico con el pensamiento fijo en su problema.

Amelia levantó la vista de su labor y lo miró intrigada.

—¿Cómo que no?

—Bueno..., quiero decir que un jersey es más cómodo. ¿Por qué no te lo compras?

—Más adelante.

—Ahora sería mejor. Hay liquidaciones.

La madre sonrió.

—Pero no hay dinero..., ¿recuerdas?

LLEGÓ el momento decisivo. En el solar estaban Pepito y sus camaradas. Y Dragón, que no podía faltar. Todos preparados para el partido.

Quique y El Chino llevaban dos jerséis iguales, a rayas azules y blancas. La diferencia estaba en que El Chino, más alto, dejaba asomar una franja de estómago entre el final del jersey y el principio del pantalón.

Curro lucía el suyo, amarillo, atado con una cuerda. No cabía duda de que su hermana era mucho mayor que él.

Pepito había tenido que conformarse con la blusa a cuadros de su madre. Para disimular un poco se la puso con la parte delantera hacia atrás y arrolló las mangas a la altura del codo.

Trini, que era la encargada del botiquín, lo enseñó: una caja de cartón que ponía en uno de sus lados ZAPATERÍA EL PENSAMIENTO y, al lado, un ramito de flores junto a la cara de una chica muy guapa.

—Es lo único que he encontrado —dijo Trini·al ver la expresión despectiva de sus amigos—. También traigo un par de tijeras y un rollo de esparadrapo. ¿Y vosotros?

Curro alargó un envoltorio de papel de periódico. Contenía un bote de cristal lleno de pomada marrón y unas tijeras.

—Yo traigo vendas y tijeras —dijo Quique. Y al desenvolver su paquete retiró rápidamente, algo avergonzado, un bocadillo que guardó en su pantalón—. Conviene reponer fuerzas cuando se hace deporte...

Pepito también llevaba tijeras y bicarbonato. Curro se sorprendió.

—¿Bicarbonato? ¿Para qué?

—Por si a alguno le da dolor de estómago.

El Chino dijo, amargado:

—A mí, seguro.

Pensaba en su honor pisoteado por tener que dejarse ganar y por la risa que les entraría a sus adversarios cuando los vieran con esa facha. Su aportación al botiquín consistía en unas gasas de dudosa blancura y en un par de tijeras.

—De tijeras estamos muy bien —dijo Quique, procurando animar algo el ambiente.

Pero más le valía no haber dicho nada. Sus camaradas le dirigieron una mirada fulminante.

En bloque, con sus flamantes camisetas blancas, sus botas y haciendo saltar el balón de reglamento, aparecieron los contrincantes. El único que no iba equipado era Goyo, el hermano pequeño de Toño, que llevaba un botijo en la mano.

Al ver la curiosa traza de Pepito y los suyos, sonrieron burlonamente. El Chino, entonces, se puso en guardia y advirtió con acento amenazador:

—Hoy no tenemos ganas de reírnos. ¡Ni de que nadie se ría!

Quique lo apoyó.

—¡Al primero que empiece con guasas...!

—¡No le dejamos un diente sa... sa... sa...!

A pesar de la advertencia y precisamente por la forma en que Curro la pronunció, se oyeron risas en las filas de Toño; pero éste, volviéndose, impuso silencio. Luego, muy formal, preguntó si traían el botiquín, y Trini enseñó la caja tan finamente adornada que estuvo a punto de desencadenar nuevas risas. Pero Pepito ya anunciaba:

—Vamos a empezar. Patadas no valen.

—Bueno, pero si las patadas son por casualidad, tampoco vale quejarse.

66

Esta aclaración de Toño mosqueó bastante a «Los invencibles», como es natural. Sin embargo, ocuparon sus puestos sin decir nada.

Unos segundos después ya estaba en juego la pelota. El Chino salió tras ella con tanta furia que Pepito le recordó en voz baja:

—Que hay que dejarse ganar...

La estrella del equipo apretó los dientes pensando, seguramente, en los malos tragos que da la vida.

En vista de que no ofrecían resistencia, Toño marcó un gol con facilidad. Sus compañeros lo festejaron con saltos, abrazos y grandes palmadas en la espalda, como los jugadores profesionales.

«Los invencibles», mientras tanto, adoptaban un aire indiferente. Sólo El Chino dejó traslucir su disgusto y Pepito, temiendo su reacción, le dijo:

—Los goles, para ellos. Para nosotros, las cincuenta pelas.

Se reanudó el juego. Toño y los suyos se divertían haciendo malabarismos espectaculares. Más que un partido de fútbol, aquéllo parecía un número de circo. Por parte de un equipo, claro, porque el otro estaba como anestesiado.

Dragón, incapaz de comprender lo que ocurría, pero dolorido hasta lo más profundo, se tumbó sin mirar al campo. No quería ver más vergüenzas.

Tampoco El Chino pudo soportarlo. Se apoderó de la pelota y, acometido de fogoso ímpetu, la llevó hasta la portería contraria. En sus ojos había un brillo diabólico. El gol era inminente; pero Pepito, desde un ángulo del terreno de juego, gritó:

—¡Chino!

El aludido vaciló mientras oía otra vez:

—¡¡¡¡Chinooooooo!!!!

Era una llamada a la realidad. Y, cumpliendo con su penosa obligación, tiró la pelota fuera del marco enemigo.

Leo, el portero, que acababa de pasar un mal rato, respiró aliviado y dijo con cómica voz de señorita cursi:

—¡Ponte gafas, niño!

El Chino se tragó su humillación; pero después de que Toño marcara un segundo gol, y un tercero, se encontró dueño de la pelota y justo frente a la portería enemiga. La tentación era demasiado grande. Pepito se dio cuenta y trató de frenarlo como antes:

—¡Chino!

Él vaciló. Sabía que, si disparaba, el gol no iba a pararlo nadie. Leo, sin comprender lo que pasaba, se burló de nuevo.

—¡Te mandan que chutes, nene! ¡A ver si sabes!

Y subrayó la guasa con una risotada. Sus compañeros lo imitaron. Era más de lo que el estoico Chino podía aguantar: la pelota salió como impulsada por un cañón y entró limpiamente en la portería.

—¡Y os dije que no tenía ganas de risa! —exclamó ante el asombro de Leo, que se había dejado marcar el tanto casi sin enterarse.

Pero más asombrado aún estaba Toño. Eso no era lo convenido. Con los puños apretados, una vez que el balón fue puesto en juego nuevamente, se acercó con disimulo al Chino y le dio una patada en la espinilla. El Chino cayó al suelo chillando. Curro, indignado, gritó al agresor:

—¡Sucio comanche!

Trini corrió hacia el herido y abrió el botiquín

para prestarle los primeros auxilios. Goyo, por hacer algo también, lo roció con agua del botijo.

—¡Cuidado! ¡El jersey! —dijo Quique, viendo lo que iba a suceder; pero era tarde. El Chino, gimiendo aún, estaba rebozado de barro.

Después de haberle untado la pierna con la pomada marrón, Trini se la vendó y sujetó la cura con un trozo de esparadrapo que cortó con una de las numerosas tijeras de que disponía.

Aliviado, pero furioso, El Chino se puso de pie de un salto. El suyo fue un grito de guerra:

—¡Ahora veréis quiénes son «Los invencibles»!

No había nadie capaz de detenerlo. Su segundo gol no tardó en llegar, seguido por dos más que sus compañeros celebraron olvidando por completo cualquier clase de tratos.

Toño se llevó aparte a Pepito.

—Esto no es lo que habíamos hablado. ¿Qué les digo ahora a los muchachos?

—¡Pues que juegan peor que nosotros! Si no lo sabían, ahora ya lo saben.

Toño, fuera de sí, se lanzó contra Pepito como un león al que acaban de arrebatar su presa. Y los restantes miembros de ambos equipos no tardaron en incorporarse a la lucha.

Trini no daba abasto con el botiquín. Iba de unos a otros untando pomada marrón a todo pasto, y Goyo, refrescándolos con el botijo.

Cuando, terminada la refriega, Toño y los suyos se marcharon, «Los invencibles», satisfechos pero llenos de barro, arañazos y contusiones diversas, se pusieron a recoger los elementos del botiquín esparcidos por el suelo. Menos las tijeras, porque no apareció ninguna.

El Chino se lamentaba. No por lo de la pierna,

sino porque se sentía culpable de haber perdido las cincuenta pesetas.

—No importa —dijo Pepito—. Haremos más negocios y ganaremos dinero para pagarle a don Joaquín y hasta para ir al cine.

Quique también estaba preocupado, pero por otro motivo.

—¡Lo que van a decir mis hermanas! —dijo señalando las dos cosas negruzcas y pringosas en que se habían convertido los jerséis.— Esto no lo arreglo ni con cuatro caramelos de palo.

—¡Pues anda que la mía! —suspiró Curro.

Trini, que acababa de tapar el bote de pomada, leyó en voz alta lo que ponía la etiqueta.

—«Al primer síntoma de resfriado, aplíquese en el pecho y la espalda...»

Pepito, que estaba a su lado, acabó de leer con tono fúnebre:

—«... del enfermo.»

7

POR LA TARDE, al salir de su casa, Pepito oyó la agria voz del huevero.

—¿Hasta cuándo vais a seguir tomándome el pelo? ¿Qué os habéis creído? ¿Que a mí me regalan el dinero?

—No, señor —contestó tímidamente el chico.

—¡No, señor! ¡Tú lo has dicho! Tengo que trabajar mucho para ganarlo, no como vosotros, que os pasáis el día haciendo el vago y jugando al fútbol en el solar. ¡Y bien que me gustaría!

—¿Hacer el vago? —preguntó Pepito ingenuamente.

—¡No! Jugar al fútbol. Y jugaba bastante bien, por no decir muy bien. ¡No me paraba nadie!

—Si quiere, puede jugar con nosotros cualquier día.

—¡Para eso estoy yo! Y si piensas que poniendo esa carita me voy a olvidar de la deuda, estás muy equivocado. Espero hasta fin de mes. ¡Ni un día más! Y como no me paguéis...

Pepito ya no le oía, pero era igual. De sobra sabía la cantilena. A fueza de oírla hasta soñaba con ella. Esa misma noche había tenido una pesadilla. Una fiera enorme, con cuerpo de gallina, rabo de lagarto y la cara de don Joaquín, iba tra él gritando: «¡Mi dinero...!».

Se lo contó a Quique, con quien se encontró un rato después.

—Eso pasa cuando comes mucho chocolate antes de dormir —contestó Quique, que conocía la cuestión—. Yo también tengo pesadillas si paso del medio kilo. Una lata.

Andaban sin rumbo fijo, con las manos en los bolsillos.

—Ahora que hemos perdido lo que nos había prometido Toño, no tenemos ni una peseta para el bote —dijo Pepito, muy desanimado.

Guardaban sus dineritos en una vieja lata de membrillo atada con una cuerda, y no se había abierto desde el día de los caramelos.

—A mí, encima, me queda esto de recuerdo —dijo Quique, refiriéndose a un ojo medio verde, medio violeta, resultado de la pelea—. Y conformar a mis hermanas me costó seis caramelos de palo. Toda mi paga del domingo.

Siguiendo con la lista de las catástrofes, Pepito añadió:

—Y tuve que decirle a mi madre que no sabía dónde estaban las tijeras.

—¡Anda! Y yo, y Curro, y El Chino. Como les dé por criar en el solar, va a salir un campo de tijeras dentro de poco.

Se detuvieron ante el escaparate de una pastelería, observando golosamente las complicadas tartas, los dorados bollos. Enfrente estaba la casa de Toño, y, en el balcón, él y su amigo Leo se entretenían en hacer globos de chicle; pero ni Pepito ni Quique los vieron. Leían con interés un cartelito que ponía: SE NECESITA CHICO.

—Pagarán bien —comentó Pepito, pensando en la deuda.

Quique pensaba en otra cosa.

—Y a lo mejor regalan los pasteles que sobran...

Pepito le lanzó una mirada de reproche y empujó la puerta del establecimiento.

—Pregunta si nos toman a los dos —le encargó su compañero, prometiéndoselas muy felices.

La pastelería no era lujosa, pero acababa de ser instalada y relucía como si le hubieran dado una mano de pintura fluorescente.

Don Hilario, el dueño, era gordito, pelirrojo y llevaba una chaquetilla y un mandil blanquísimos. Cuando los chicos entraron estaba haciendo cuentas junto a la caja.

—Venimos por el anuncio —dijo Pepito después de dar las buenas tardes.

El hombre los observó detenidamente.

—¿Quién se quiere colocar?

—Nosotros. Los dos —se apresuró a decir Quique, temeroso de que su amigo lo dejara de lado.

—Sólo necesito uno.

—¿Y qué hay que hacer? —preguntó Pepito.

—Repartir los pedidos.

El chico miró las tartas, los pasteles, los merengues que había en las vitrinas y, sabiendo lo que se hacía, contestó rápidamente:

—Entonces, yo.

Quique, comprendiendo sus razones, no insistió.

—Son mil pesetas al mes y las propinas —dijo don Hilario—. Si andas listo, sacarás bastante.

Pepito empezó a trabajar al día siguiente decidido a ser gloria y ejemplo de repartidores y después de prometer a Quique que, si el patrón le regalaba algo de las sobras, las compartirían.

Don Hilario le dio una chaquetilla blanca que parecía almidonada de puro tiesa y una bandeja de madera grande. Mandil, no. Por eso Pepito quedaba bastante raro. Por arriba, la chaquetilla flamante; por abajo, los mismos vaqueros de siempre, deshilachados y con algún que otro enganchón.

Lo que tenía que hacer era fácil: poner en la bandeja, cuidadosamente empaquetado, lo que los clientes pedían, tomar bien las señas, no perderlas y marchar por el camino más corto para ahorrar tiempo.

Era verdad que la gente daba buenas propinas. Por lo general, en las casas adonde iba se estaba celebrando algo: un santo, una comunión, una boda... Ocasiones todas muy propicias para sentirse dispuesto a la generosidad. Cuanto iba reuniendo así se lo daba a Quique, y éste —que no por nada había sacado diez en aritmética— llevaba la contabilidad.

—A este paso le pagamos a don Joaquín en un soplo.

—¿Cuánto tenemos? —preguntó Pepito.

—De las propinas, doscientas treinta y una. Más lo de los caramelos...

—Todavía falta, pero tienes razón. Con este trabajo que me ha salido... ¿Y sabes qué he pensado? Que a lo mejor me hago pastelero. Es un buen oficio.

—¡Estupendo! —dijo Quique, abriendo unos ojos como ruedas de carro.

Pepito pensó que su amigo, de pastelero, sería una ruina. Todo se lo comería él y el negocio naufragaría al segundo día; pero se lo calló porque don Agustín, el maestro, solía decir que no se debe mirar la paja en el ojo ajeno.

Al llegar a la puerta de la tienda, Quique siguió su camino y Pepito entró. Estaba sonando el teléfono y contestó con tono amable:

—La flor de azúcar, dígame... Sí, un momento,

señora, que tomo nota... Dos docenas... Sí, café y fresa. Calle... Sí, sí, descuide... Hasta luego.

Don Hilario salía de la trastienda.

—¿Quién era?

—Un pedido. Dos docenas de merengues de café y fresa a la calle Reina Isabel.

—¿Tomaste bien las señas?

—¡Que voy a la escuela, don Hilario! —contestó el chico, casi ofendido.

Pepito preparó el paquete y poco después estaba tocando el timbre en el lugar indicado. Una señora salió a abrir. Hizo un gesto de extrañeza.

—De La flor de azúcar, señora. Los merengues que pidió.

—Debe de ser un error.

El chico consultó el papel donde había apuntado las señas.

—Aquí es Reina Isabel número catorce, ¿no?

—Sí, pero yo no he pedido nada.

Don Hilario no regañó a Pepito cuando supo lo que había pasado. Era comprensivo y pensó que una equivocación la comete cualquiera; pero al día siguiente tomó personalmente un nuevo pedido telefónico. También merengues, dos docenas, y voz de mujer. Preparó el paquete y dio el papel con las señas a Pepito, que marchó bandeja en ristre y silbando bajito.

¡Que raro! Las señas no correspondían a una casa normal, sino a un imponente edificio, muy antiguo, con una gran escalinata. Subió y encontró en la puerta a un señor uniformado.

—Traigo los merengues.

—¿Cómo?

—Los pidieron a La flor de azúcar.

—No, no puede ser...

—¿No celebran algún santo? ¿Algún cumpleaños?

El hombre aclaró:

—Esto es un museo. Aquí sólo hay cuadros y personas que vienen a verlos. No vive nadie. Y, naturalmente, no hay fiestas con merengues —y al ver la cara de desaliento del chico, añadió—: ¿Por qué no te quedas a visitarlo?

—Otro día..., el domingo. Ahora tengo que trabajar —Pepito empezó a bajar las escaleras, pero en seguida se volvió para decir—: ¿Y usted no los quiere comprar?

—¿Los merengues? No, hijo. Me sientan fatal.

ESA TARDE, al terminar su jornada, Pepito se reunió con sus amigos en el solar. Don Hilario, a pesar de que era muy buena persona, había puesto mala cara al verlo volver con el paquete en la mano. Dijo que alguien quería hundir su establecimiento; pero Pepito estaba seguro de que la conspiración no iba contra don Hilario, sino contra él.

Mientras Quique comía un bocadillo de chorizo y Curro chupaba un polo, contó toda la historia.

—¡Pedidos de mentira! Cuando llego a las señas que dan, resulta que nadie sabe nada. El jefe va a creer que es culpa mía. Terminará por echarme.

Dragón, atento sólo al olor del chorizo, no se despegaba de Quique, que afirmó:

—En este lío hay alguien que te quiere fastidiar.

—Ya lo he pensado yo.

—¿Y quién puede ser?

—¡Toño y los sucios co... co... co...!

Pepito, ya sin ninguna duda, exclamó:

—¡Comanches!

Curro, agradecido, le alargó el polo para que le diera una chupada.

El Chino ataba cabos como un experto detective.

—¡Toño tiene teléfono!

—Y Leo imita muy bien la voz de mujer —recordó Trini—. ¡Son ellos los que llaman a la pastelería dando señas falsas!

—Pero con que yo se lo diga a don Hilario no arreglaremos nada —dijo Pepito—. Hacen falta pruebas.

El Chino, imaginando que hablaba a sus hombres en el despacho más importante de Scotland Yard, dijo:

—¡Hay que desenmascararlos!

Todos estuvieron de acuerdo y decidieron preparar un plan apropiado. Y antes de separarse, Quique premió la constancia de Dragón dándole el cordelito del chorizo.

Pepito estaba en la pastelería, frente al teléfono, montando guardia. Más o menos a la misma hora que el día anterior, empezó a sonar el timbre.

—La flor de azúcar, dígame... Sí, señora, espere un momento, que voy a apuntar.

Había reconocido la voz de Leo imitando la de una mujer. Dejó el auricular, corrió a la puerta de la tienda y agitó un pañuelo: era la señal convenida con sus amigos, que, en la calle, esperaban el mensaje. Quique hizo un ademán indicando que había comprendido y echó a andar hacia la esquina seguido por Curro y Trini.

Pepito volvió al teléfono y continuó la conversación, buscando ganar tiempo por todos los medios.

—Perdone, señora..., es que se estaban quemando los bizcochos de Vergara... ¿Qué le mandamos? ¿Merengues?... ¡Claro que hay! Dos docenas, muy bien... ¿Y a qué dirección?... Sí, entendido... ¡No, no cuelgue! Tengo que explicarle algo importante. Nuestros merengues de fresa están hechos con fresa de verdad, no como en otros sitios, que los hacen con pintura rosa... Y los de café están descafeinados, por la cosa del sueño... No, se lo digo porque sería una lástima que después de comérselos no pudiera pegar un ojo...

Don Hilario salía del obrador con una tarta en las manos. Al ver a Pepito al teléfono la dejó sobre el mostrador y se puso al aparato.

—¿Me quiere repetir la dirección, por favor?

No quería exponerse a nuevas equivocaciones. Escribió lo que le decían y contestó muy cortés:

—Ahora mismo, sí, señora —y luego, a su empleado—: Vete. ¡Y que esta vez no te pase nada!

Toño y los suyos, que estaban apostados en su casa esperando ver salir a Pepito, fueron tras él sigilosamente. Y a prudente distancia, Trini, Quique, Curro y El Chino. Una curiosa procesión encabezada por Pepe con su chaquetilla tiesa y la bandeja en alto.

Se metió por una calle solitaria, aquella donde estaban pegados los carteles que anunciaban el circo.

Toño y su séquito, al asomar por el extremo de la calle, se quedaron atónitos. A Pepito se lo había tragado la tierra.

—Dobló por aquí —dijo Toño sin comprender lo que ocurría.

—Sí, pero es igual. No vale la pena seguirlo. Total, la broma ya se la hicimos. Cuando llegue a la casa de pompas fúnebres y le digan que allí no...

De repente, como una paloma o un conejo que saliera de la chistera de un prestidigitador, Pepito apareció. Lo hizo del modo más sencillo: aprovechando, primero para esconderse y después para salir, el agujero de la valla.

Una vez pasada la sorpresa, Toño y sus camaradas se echaron a reír; pero cambiaron de gesto al ver acercarse a los amigos de Pepe. Avanzaban despacio, callados, a compás, con la actitud de los vengadores justicieros que habían visto en las películas del oeste.

Pepito dijo:

—Aquí están las dos docenas de merengues. Una docena de fresa, hechos con fresa de verdad y no con pintura. Y otra docena de café, del que no quita el sueño.

Toño, al darse cuenta de que Pepito había descubierto sus manejos, tartamudeó:

—Yo... yo no los he encargado.

—Tú no. Ha sido Leo.

El aludido miró para otro lado haciéndose el desentendido. Acababa de decidir no hacer más caso a Toño ni poner voz de mujer por mucho que se lo pidiera.

Pepito puso la bandeja ante las narices de Toño.

—Son cuatrocientas ochenta pesetas.

Toño, reconociendo su derrota, dijo:

—Sólo tengo veinte.

—Por ese precio sólo damos un merengue —contestó Pepito, muy en dueño de gran establecimiento. Rompió el papel por un extremo del paquete y sacó un merengue—: Te ha tocado de fresa. Y te perdono la propina.

Toño entregó sus veinte pesetas y se marchó seguido por sus cabizbajos compañeros.

Pepe volvió a la pastelería. Al verlo con el paquete en la mano y para colmo roto y arrugado, don Hilario ya no pudo más.

—¿Qué ha pasado esta vez?

—Sólo querían un merengue.

—¿Y para eso pidieron dos docenas?

—Sí..., pero sólo tenían dinero para pagar uno.

—¿De quién hablas?

—De... del cliente.

El pobre pastelero creía vivir una pesadilla.

—¡Dios mío! Si sigo así me arruino... ¿Piensas que si mando un merengue a cada señor que se le antoje podría tener este negocio? El reparto es para los pedidos importantes.

—Sí, don Hilario.

—Pero con que digas «sí, don Hilario» y pongas cara de pena no arreglamos nada. Mira, hijo. Desde que trabajas aquí ocurren cosas muy raras. Probablemente no me entere nunca del motivo; lo único que sé es que no quiero que se repita. Toma tu dinero... y búscate otro empleo. No te guardo rencor, pero márchate.

Tristemente Pepito se quitó la chaquetilla, la dejó sobre el mostrador y tomó el dinero que don Hilario le ofrecía. Ya en la puerta, el buen hombre le dio unos suizos diciendo:

—Son de hoy, no vayas a creer.

El chico dijo adiós con la mano. En la calle, como siempre, Dragón esperaba. Le dio uno de los bollos mientras se iba mordisqueando otro. Estaba bastante afligido; pero a Dragón nadie podía sacarle de la cabeza que aquél era un día de fiesta.

8

LAS HOJAS de los árboles empezaban a ponerse de color dorado y por las tardes apetecía echarse algo sobre los hombros. El verano estaba terminando y había que ir al colegio. Los chicos ya tenían menos tiempo para jugar o para andar a la aventura con Dragón.

Todo cambiaba menos una cosa: la cara de don Joaquín.

—¿Sabes cuántos días faltan para que se cumpla el plazo? —le dijo a Pepito una mañana.

—No llevo bien la cuenta...

—¡Pues más te valdría! ¡Ocho!

Jamás el número ocho le pareció más antipático al chico.

—¿Solamente ocho?

—¡Yo sí llevo la cuenta! He dicho que hasta fin de mes y de ahí no me muevo. Recuérdaselo a tu madre.

Al contárselo a sus compañeros, Pepito terminó diciendo:

—No creo que exista otro huevero con el corazón más negro.

—Ahora, además, con esto del colegio, no podemos trabajar en nada.

El Chino decía «esto del colegio» como hubiera dicho «el dentista», «el campo de concentración» o «el baño de los domingos», las cosas más terribles que conocía.

82

Estaban en el solar, a la tardecita. Pepito, en cuclillas, hacía dibujos en la tierra con un palo. Añadió, apesadumbrado:

—Y para colmo, doña Clara no le pagó el vestido a mi madre.

—¡Será fresca! ¿Y por qué? —preguntó Trini.

—Dice que la hace gorda.

—¡Debíamos darle un disgusto para que adelgazara! —propuso, feroz, El Chino.

Nadie secundó la idea.

—Y yo no conseguí que el hijo de la maestra me comprase la colección de cromos. Como me faltan tres... —dijo Trini, compungida.

—El dinero debía crecer en la calle, como los árboles —filosofó Curro—. Pero entonces no se vería un árbol por ninguna parte.

Quique lo miró con admiración.

—¡Chico! Esas cosas las debías escribir.

—¿Para qué? —dijo El Chino, un poco celoso—. Mi padre dice que con la pluma no se gana nada.

—¿Y él cómo lo sabe?

—Escribió una obra de teatro y nunca se la estrenaron.

Pepito se puso de pie.

—El caso es que no tenemos dinero para pagar ni lo tendremos nunca.

—¿Y qué pasará? —preguntó amedrentado Quique.

Antes de que Pepito pensara la respuesta, Curro dijo, rotundo:

—Nos meterán en la cárcel.

A todos se les habían ocurrido posibilidades bastante terribles, pero ninguna tanto como ésa.

—¡Qué nos van a meter...! —exclamó, incrédula, Trini.

—¿Que no? Al que escribió el libro de David Copperfield lo metieron. Con toda su familia. Y por deudas.

—¿Y eso cuándo pasó?

—Hace... hace mucho tiempo —respondió Curro vagamente.

—En los tiempos antiguos eran más bestias que ahora.

—Y a Cervantes —continuó Curro en plena euforia cultural— también lo metieron en la cárcel.

—¿Por no pagar?

—Porque las cuentas no le salían bien. Más o menos es lo mismo.

Quique, cada vez más asombrado de los conocimientos de su amigo, dijo:

—Deberías hacerte escritor, Curro. Seguro que salías en los diarios y te estrenaban todas las obras de teatro. Y a lo mejor hasta te hacían una estatua en algún sitio.

Curro tiró una piedra lejos para que Dragón fuera por ella.

—No. Ya os dije que voy para médico.

—¿Cómo llevas la colección de huesos?

—Bien. Tengo dos de lagartija y un montoncito de la mano de un cerdo.

El Chino soltó la carcajada.

—¡Huy, qué fino, «la mano»...!

Curro se picó.

—Pues cuando mi madre las pone para comer dice que son manos de cerdo, no patas.

Dragón volvía, pero no con la piedra en la boca. Quizá para colaborar con los esfuerzos científicos de su amigo, traía en la boca un hueso de taba; bastante roñoso, eso sí, pero la voluntad es lo que vale.

DON AGUSTÍN, el maestro, escribía algo en la pizarra: UN DÍA DE CAMPO.

—Éste es el tema —explicó— del ejercicio de redacción que haréis para mañana. Seguro que en las vacaciones habréis ido al campo, aunque sea un solo día. Se trata de contar lo que habéis visto, lo que habéis hecho o, simplemente, lo que se os ocurra. No hace falta que sea algo cierto. Podéis dejar volar la imaginación.

En ese momento lo que volaba en la clase era una pajarita de papel que Toño, que ocupaba uno de los últimos bancos, había lanzado sobre las cabezas de sus compañeros.

Don Agustín golpeó su mesa con el puntero. No muy fuerte, no era hombre violento ni aun cuando había motivo; pero lo bastante para que Toño se escondiera detrás de Quique, que se sentaba delante de él, y renunciara a poner en circulación un avión que acababa de preparar.

—El premio, porque habrá un premio, será algo que os gustará mucho —prosiguió el maestro—. Muchísimo. Esmeraos y el mejor ejercicio tendrá su recompensa.

A los chicos les hubiera interesado saber en qué consistía el premio. Porque, como es lógico, la inspiración no viene lo mismo si se espera un libro sobre las costumbres de los bantúes que un buen par de botas de fútbol, por poner un ejemplo.

Ya en la calle comentaban:

—Igual es una tableta de chocolate.

—¡O una bicicleta!

—¿Y si fuera un balón de reglamento...? —suspiró El Chino.

Pepito dijo con mucha calma.

—O un millón de pesetas.

Los chicos lo miraron como si se hubiera vuelto loco de repente.

—¿Un millón?

—A mucha gente le dan un millón de premio por escribir un libro. Lo leí en el periódico.

—Pero don Agustín no creo que dé tanto... —dudó El Chino—. Dicen que los maestros no ganan mucho.

—Además, un ejercicio del colegio no es un libro.

—No, es más corto —admitió Pepito—. A nosotros puede que nos diera...

—¿Quinientas mil pesetas?

—No. Pero doscientas cincuenta, quizá.

—Doscientas cincuenta mil tampoco está mal —dijo Quique, pensando en la cantidad de bocadillos y de helados que podían comprarse con esa cantidad.

—No, hombre. Doscientas cincuenta, punto. Y nos vendrían muy bien para pagarle a don Joaquín.

Quique dijo de repente:

—Curro, con la de cosas que tú lees y con lo que sabes de las cárceles y con lo bien que hablas a veces...

Curro torció el gesto y Quique añadió en seguida:

—Lo digo sin segundas, palabra. Porque tú a veces parece que hablas en verso. Escribirías algo estupendo. ¡Y ganarías el premio!

—Yo no fui al campo en todo el verano.

—Pero se puede inventar. Lo ha dicho el maestro. ¡Tienes que hacerlo!

CUANDO llegó a su casa, Curro le dijo a su hermana:

—Si preguntan por mí, no estoy para nadie. Voy a trabajar.

Pili le puso la mano en la frente para ver si tenía temperatura y le preguntó si había comido higos verdes. Él contestó que estaba perfectamente, pero que él y sus amigos necesitaban dinero para pagar una deuda que tenían con el pollero.

Como la chica no dejaba de hacerle preguntas y el tiempo apremiaba, no tuvo más remedio que contárselo todo. Terminó diciendo:

—Ya tendríamos el dinero si no fuera por Toño y su pandilla.

Y también a ese respecto dio una lista de terribles pelos y vergonzosas señales. Luego se encerró en su cuarto y Pili marcó un número en el teléfono.

—¿Manolo? Tengo que decirte algo acerca de tu hermano...

9

LOS CHICOS estaban muy nerviosos. Obsesionados por lo rápido que pasa el tiempo y por lo despacio que entra el dinero en las latas de membrillo, no pensaban más que en llevarse el premio. Todos habían escrito su ejercicio con entusiasmo, aunque las más firmes esperanzas estaban depositadas en Curro.

El maestro llamó en primer lugar a Quique. Después de toser dos o tres veces, el chico empezó a leer:

—«Un día de campo. Punto.»

Hubo algunas risas, pero Quique continuó sin hacer caso.

—«El domingo fuimos al campo. Lo pasamos muy bien, y eso que mi abuelo estuvo todo el tiempo protestando porque él quería ir al cine a ver una de pistoleros en vez de ir al campo. Pero, como todos sabemos, el campo es más sano. Mi madre hizo empanadillas y yo me comí catorce. Es lo que tienen de bueno las excursiones, que uno puede comer todo lo que quiera sin que los padres digan: "Niño, basta". Espero ir otra vez al campo y muy pronto. Fin.»

—Vaya, está bien. No muy imaginativo, pero claro. Ahora tú —dijo el maestro señalando a Leo; pero éste, bajando la cabeza, murmuró algo así como «no tuve tiempo».

Le tocó el turno a Pepito y se puso de pie para comenzar con voz insegura:

—«Cuando estaba merendando con mi madre en el campo fuimos súbitamente sorprendidos por un enmascarado.» —Había descubierto una nueva palabra, «súbitamente», y estaba muy satisfecho de poder utilizarla—. «El enmascarado, con voz amenazadora y cara feroz...»

Oyó que Toño decía por lo bajo:

—¿Y cómo sabe que tiene cara feroz si está enmascarado?

Pepito, como si no se hubiera enterado, siguió adelante.

—«... dijo: "¡La bolsa o la vida!" Mi madre le dio la bolsa de la merienda, que era la única que teníamos. Pero yo, sacando súbitamente mi espada, impedí que se la llevara.»

—¿De qué marca era? —preguntó Leo.

—¿El qué?

—La espada. Yo tengo una de doble filo que acaricia la piel y no irrita, tra, lará, lará...

Cantaba la musiquilla de un popular anuncio de hojas de afeitar que corearon Toño y el resto de su pandilla.

El maestro impuso silencio con un golpe en su mesa y Pepito continuó:

—«El amenazador y feroz enmascarado salió corriendo súbitamente. Mi madre dijo: "¡Oh!, Pepito, has puesto en fuga al amenazador y feroz enmascarado", y yo le contesté: "Eso lo hubiera hecho cualquiera"».

Leo, empeñado en quitar méritos a la obra de Pepito, dijo:

—Los ladrones no se ocupan en robar meriendas. Ellos, si no es por collares, anillos o monedas de oro, no se molestan.

—Son cosas que se inventan —protestó Pepito—. ¿Tú nunca has leído una novela?

—¡Qué va a leer! —gritó El Chino desde su banco.

Nuevo golpe del maestro.

—¡Silencio! ¡Silencio! Ahora tú, Curro.

Sus amigos lo miraron, preocupados. Se pondría nervioso. Y curro nervioso...

—«En el campo hay pa... pa... pa...»

Lo que temían: se atascó nada más empezar. Trataron de ayudarlo soplándole:

—Pájaros...

—Paisajes...

—Patatas...

Pero él respiró hondo y arrancó por sus propios medios.

—Palmeras.

Esta vez interrumpió Toño.

—Mentira. En el campo no hay nada más que hierbajos.

—En el campo que yo digo —aclaró Curro, más tranquilo— hay palmeras con dátiles y todo. Está en el trópico.

—¡Si tú nunca has estado en el trópico!

—¿Y para qué sirve el libro de geografía, eh?

El maestro intervino.

—Vamos, vamos... No debéis interrumpir al compañero que está leyendo. Sigue, Curro.

—«El campo estaría muy bien si no fuera por los mosquitos, hormigas, serpientes y demás insectos que pican al viajero ocasionándole desazón y pruritos.»

Se ve que había consultado algún libro de su

padre, el practicante, y que estaba muy orgulloso de la frase porque hizo una pausa para dar lugar a posibles comentarios elogiosos. Que no se produjeron, para ser exactos. Continuó:

—«Por suerte existen los médicos, que con sus inyecciones y su sabiduría nos ponen buenos en menos tiempo del necesario para decir "achís". ¡Gloria y loor al médico y al campo!»

—Bien, Curro, bien —dijo don Agustín—. Aunque tienes cierta confusión con los insectos y demás animales, me gusta que sepas apreciar la labor de los hombres de ciencia. Muy bien.

Nunca habían visto al maestro tan entusiasmado. Seguro que el premio sería para ellos, porque los ejercicios que siguieron valían poco y Toño, el único que faltaba, tampoco era enemigo en ese terreno.

Sin embargo, al ponerse de pie con el papel en la mano, los miró diciendo bajito:

—¡Ahora veréis!

¿Qué habría escrito? A lo mejor le había llegado súbitamente la inspiración —era Pepito el que reflexionaba— para hacer algo maravilloso. O le habrían ayudado en su casa. Claro que el Manolo no...

Toño, ajeno a estas preguntas que se hacía Pepito, comenzó a leer con voz potente y destacando cada palabra.

—Ejercicio de redacción. «Un día de campo».
—Y después de una pausa—: «En un lugar de la Mancha de cuyo nombre no quiero acordarme...»

No pudo seguir. Don Agustín exclamó, indignado:

—¡Basta! ¡Qué vergüenza!

Los chicos no comprendían por qué le habría

sentado tan mal al maestro que Toño hablara de la Mancha. Lo cierto era que, como rival, Toño había desaparecido.

—El premio es tuyo, Curro —dijo don Agustín. Y añadió para no desanimar a los demás—: aunque debo reconocer que hay varios trabajos buenos.

Y le entregó un paquete bastante grande, envuelto en papel de seda y atado con una cinta roja.

Todos estaban deseando saber qué había dentro; pero Curro no lo abrió hasta que terminó la clase y salieron a la calle.

—Son billetes, seguro —dijo Pepito, emocionado, mientras Curro desataba la cinta—. Uno encima de otro. Mil, dos mil, quién sabe.

—¿Tanto?

—Lo menos. El paquete abulta mucho.

—¡Mira que si es un libro! —dijo El Chino, pesimista.

Era un libro.

—Los maestros son capaces de todo —suspiró Quique.

En la tapa del libro ponía: «El ingenioso hidalgo Don Quijote de la Mancha» y el nombre del autor. En el colegio les habían hablado varias veces de él, pero los chicos, la verdad, nunca lo habían leído.

Recorrieron con la vista las primeras líneas: «En un lugar de la Mancha de cuyo nombre no quiero acordarme...». Se quedaron perplejos, sin comprender cómo se le ocurriría a Miguel de Cervantes Saavedra empezar su libro de la misma manera que Toño su ejercicio de redacción.

—La cuestión —dijo Quique, resumiendo el asunto— es que estamos igual que antes. ¿Para qué sirve este libro?

—Para leerlo —dijo Curro.

—Necesitamos dinero, ¿no? Y por esto no nos dan nada.

—¡Es una obra famosa! —protestó Curro, tan orgulloso de su libro como si lo hubiera escrito él mismo.

—Bueno, pero ni siquiera está encuadernado en piel.

No, no lo estaba. Era una edición sencillita, perfecta para los fines de don Agustín, pero desastrosa para los del grupo.

—A lo mejor, alguno de los chicos lo compra...

No contestaron a Pepito. Desconfiaban bastante del ansia de saber de sus condiscípulos; pero como la esperanza es lo último que se pierde, empezaron a ofrecer el libro a los chicos que pasaban, recurriendo a los argumentos que consideraban más convincentes.

—Es de lo mejor que hay. Lo dijo don Agustín.

—¡De aventuras!

—Y trae figuritas.

—Si lo lees, sacas un diez en gramática.

—Y te lo pasas bomba. ¡Tiene cada chiste...!

—¡Sólo por cinco duros! —dijo Pepito.

Curro se indignó.

—¿Cinco duros una obra así? ¿Y con lo nombrada que es? ¡Tú estás loco!

—Pues ya ves: nadie la quiere.

—Yo —dijo una voz a sus espaldas. Era Toño, que alargaba una moneda de veinticinco pesetas.

Al principio desconfiaron, no era para menos. Pero también podía ser que Toño hubiera comprendido de pronto que necesitaba aumentar su cultura.

Curro le tendió el libro y al mismo tiempo la

otra mano para recibir el dinero; pero lo único que recibió fue un directo a la mandíbula que le hizo perder el equilibrio. Simultáneamente, Toño dijo:

—Tú me ganarás a escribir bobadas, pero a puños...

Curro se abalanzó hacia él como un jabato.

—¡A puños y a lo que quieras!

Olvidaba que Toño tenía casi dos años más que él, le llevaba la cabeza y era un sucio comanche. Sus amigos estaban pasmados. Nunca hubieran creído que Curro, aspirante a hombre de ciencia y poeta por afición, fuera capaz de descargar tal serie de formidables golpes. Toño no se quedaba atrás y la pelea hubiera terminado quén sabe cómo si un brazo interminable, musculoso, un brazo de aizkolari no se hubiera interpuesto entre los combatientes. Era el de Manolo, el hermano de Toño.

—Si dijiste que le comprabas el libro por cinco duros, dáselos.

Toño improvisó una explicación.

—¿Yo? ¡Qué le voy a decir!

—Vine a esperarte a la salida del colegio. Me enteré de todo.

No cabían más excusas. La mirada y la voz de Manolo eran más feroces que las del enmascarado de Pepito. Toño entregó el dinero a Curro y, sudoroso, despeinado, pensando que la vida era injusta con él, se marchó con su hermano. Pero los chicos todavía oyeron que éste le decía:

—Tenemos mucho que hablar...

Los compañeros de Curro estaban entusiasmados, y los de Toño, decepcionados. Refiriéndose a él, Leo dijo:

—Mucho largar, mucho largar y después...

—Es valiente —concedió el triunfador—. Lo que pasa es que en esto del boxeo hay categorías.

Quique gritó:

—¡Curro! ¡Ra, ra, ra!

Sus amigos corearon el grito de victoria y Curro, saludando con un movimiento de la mano, como había visto hacer a los campeones, se fue de carrerita a su casa, más ancho que largo.

10

PEPITO y sus amigos estaban a la puerta de la iglesia esperando a Quique, que los había citado allí.

—¿Tú sabes para qué es? —preguntó El Chino.

—No. Me dijo que aquí podíamos sacar dinero, pero nada más.

—Ya sé —dijo Curro—. Querrá ponernos a pedir limosna.

—¡Serás «chalao»!

—Bueno, pero a Dragón con un platito en la boca sí que lo podíamos poner.

Trini opinó que la idea no era mala y todos discutieron a voces; pero se callaron al ver que un sacristán abría la puerta central y les dirigía una mirada severa.

Se aproximaba una numerosa comitiva. A la cabeza, un monaguillo. Y a su lado, Quique. Les asombró verlo allí y comprobar que el monaguillo era Moncho.

El Chino, enarcando las cejas, se puso en guardia.

—¿Qué haces con ése?

—Moncho dice que aquí se saca dinero —explicó Quique—. Y él sabe un rato.

—¿Aquí? ¿Cómo?

—Cuando hay bautizos, los padrinos echan monedas.

—¿Por qué?

—Es la costumbre.

—¿Y qué hay que hacer?

Moncho dijo:

—Sólo hay que gritar «eche, eche usted, padrino, no se lo gaste en vino». Y éste de hoy parece bastante rico...

El Chino no acababa de creer en las buenas intenciones de Moncho.

—¿Y tú, por qué quieres ayudarnos?

—Ya sabemos para qué necesitáis el dinero. Nos lo contó Toño, que se lo contó su hermano Manolo, que se lo contó Pili, su novia. Y Manolo, además, le tuvo a Toño dos días corriendo sin parar alrededor de la manzana.

—¿Para castigarlo?

—Y para que haga músculos. El Manolo dice que un hermano suyo no le hace pasar vergüenza como el otro día, cuando Curro le dio la paliza.

La comitiva ya estaba en la puerta. Delante, la madrina con el niño en brazos. A su lado, un señor muy orondo, vestido de oscuro, con una flor en el ojal y aire satisfecho. El padrino, sin duda. También había tres chicos entre los invitados.

Moncho dio la señal empezando a gritar:

—¡Eche usted, padrino...!

Los seis chillaban como si fueran seiscientos. El señor se llevó la mano al bolsillo y un buen puñado de monedas voló por el aire. Se precipitaron a atraparlas con el ímpetu de una tribu bárbara. También los chicos de la comitiva, deseosos de aprovechar la inesperada fortuna; pero una voz conocida detuvo a los oportunistas.

—Vosotros no vais a quedaros ni una. Y si tenéis alguna, ya la estáis soltando.

El que hablaba era Toño. Pepito y sus amigos

no comprendían por qué se había puesto de su lado. ¿No sería una nueva treta? Pero sus dudas se disiparon cuando, una vez dispersados los del bautizo, Toño entregó a Pepito lo que había recogido y le tendía la mano diciendo:

—Cuando queráis jugamos al fútbol de nuevo. Pero por las buenas. Y que gane el mejor.

Pepito estrechó la mano que le ofrecía sincera amistad. Lo pasado, pasado.

A LA MAÑANA siguiente, los chicos estaban en el balcón haciendo cuentas. Todavía les faltaba mucho para llegar a la cifra que debían a don Joaquín y el plazo estaba a punto de acabar. Ya se veían con un traje a rayas, cadenas en los pies y un pico en las manos, teniendo que partir piedras noche y día. Un panorama como para quitarles hasta las ganas de comer. Incluso a Quique, que ya es decir.

Al poco rato llegó Trini, acalorada y alegre.

—¡Me parece que ya tenemos la solución! ¡Vengo del parque! ¿Y a que no sabéis qué hay allí?

Sus amigos respondieron con indiferencia.

—Árboles.

—Barcas.

—Pájaros.

—¡Y perros! —añadió Trini, entusiasmada.

—¡Vaya novedad! Siempre hay gente que pasea perros por el parque.

Trini se sentó sobre la lata de membrillo que guardaba las escasas economías.

—¡No entendéis nada! Lo que yo he visto es una exposición de perros caninos.

—¿Cómo «perros caninos»?

—Es lo que ponía el cartel: «Exposición canina». Me asomé y vi perros. ¡Un montón, todos diferentes! Y he oído decir que dan premios.

Los chicos no comprendían a dónde iba a parar Trini con esa historia.

—Si crees que tenemos ganas de ir a ver exposiciones...

—¿Pero no os dais cuenta de mi idea?

—No.

—¡Dragón es un perro!

Era la única cosa clara y sensata que había dicho desde que llegó.

—¿Y por qué no podemos presentarlo al concurso? Si le dan el premio...

—¿Y qué dan? —preguntó Quique, interesado en el posible aspecto económico de la cuestión.

—No sé..., pero tiene que ser algo bueno.

Los chicos miraron a Dragón con ojo crítico.

—Guapo sí es... —dijo Pepito.

—Mejor que guapo, original —puntualizó Trini—. No vi ninguno como él en el parque. Pero habrá que bañarlo.

Una observación acertada. Desde que Dragón entró en sus vidas, no había conocido los beneficiosos efectos del agua y del jabón.

La voz de Amelia llegó desde la puerta:

—Bajo a la tienda, Pepito. Abre si llaman.

—Sí, mamá.

La ocasión era que ni pintada. Agarraron a Dragón, que en seguida sospechó que algo malo iba a sucederle, y lo llevaron al cuarto de baño.

Pepito tapó la bañera y dejó correr el agua. Fría,

porque para tenerla caliente había que encender el calentador de gas y eso retrasaba la cosa.

Mientras tanto, sus compañeros curioseaban los frascos que había sobre una repisa.

—Champú al huevo. ¡Esto le va a dejar el pelo como la seda!

—¡No seas cursi!

—Aquí lo pone —dijo Quique—. «Proporciona un brillo seductor y realza el tono natural del cabello». ¿Cuál es el tono de Dragón?

—Tiene tres o cuatro, ¿no lo ves?

Curro había encontrado un bote que, al apretarlo, dejaba salir un chorrito de algo pegajoso.

—¿Y esto qué es?

—No sé —contestó Pepito—. Mi madre se lo echa después de peinarse.

—¡Aquí hay colonia!

—Y desodorante.

—¿Qué le ponemos primero?

Dragón, visiblemente incómodo en el agua fría, intentaba escapar.

—Primero, el champú —dijo Trini.

—Con la cantidad de pelo que tiene, se va a gastar todo...

Pepito temía, con razón, lo que iba a decir Amelia en tal caso.

—¡Ya sé! Primero lo lavamos con jabón corriente, del de la ropa. Y sólo un poco de champú al final, para eso del brillo seductor.

Quique era un prodigio de organización y sentido práctico.

Echaron en la bañera una generosa cantidad de detergente. Una montaña de espuma limpiadora, como dicen los anuncios, hizo desaparecer al desdichado Dragón. De nada le sirvió enseñar los dientes y gruñir del modo más fiero que sabía. Los chicos frotaban, rascaban, masajeaban con entusiasmo. Entonces el perro se puso a aullar lastimeramente, como si le hubiera llegado su última hora.

—¿Lo sacamos ya? —dijo Trini, conmovida.

—¡Estás loca! El masaje es lo principal. Dice mi padre que fortifica la raíz del pelo —explicó Curro.

—Dragón ya lo tiene bastante fuerte.

Efectivamente, era lo más parecido que existe a las púas de un cactus.

—No importa. Cuanto más masaje, mejor.

Terminaron el lavado con una aplicación del champú especial —momento en que Dragón puso los ojos en blanco y gimió de un modo que partía el alma— y con un chorro de vinagre. Quique aseguró que sus hermanas, las mellizas, lo hacían. No supo decir con qué fin, pero era igual.

Una vez fuera de la bañera secaron a Dragón con una toalla grande y lo rociaron con el líquido pringoso que Amelia, si hubiera estado presente, les hubiera dicho que era laca. Después, con colonia.

El perro, incapaz de apreciar esos refinamientos, estornudó varias veces seguidas.

—Claro —dijo El Chino, comprensivo—, eso apesta.

—Pues esta colonia se la regalaron a mi madre el día de su santo.

—Da lo mismo, apesta. La gente se gasta el dinero en cada cosa...

La brillantina, en cambio, le gustó mucho a Dragón. Le pegó un par de lametazos y hubiera continuado si Pepito no le llama la atención.

—Estáte quieto, que hay que peinarte.

Quique se aplicó a la operación con un peine en una mano y un cepillo en la otra. Finalmente, todos tomaron distancia para apreciar el efecto, como un pintor, su cuadro.

—Queda bastante bien.

—¿Cómo «bastante»? —protestó Trini—. ¡Queda estupendamente bien!

—Sí, pero tiene las barbas demasiado tiesas —dijo Curro—. Si se las recortáramos un poco...

—Mi madre ha tenido que comprar unas tijeras nuevas —dijo Pepito—. Y si las estropeamos...

El Chino vio unas pinzas y, armado con ellas, pretendía depilar las poco lucidas barbas de Dragón.

—¡No seas bruto, que duele! —gritó Curro.

—¿Tú qué sabes? ¿Te has depilado alguna vez las cejas?

—No, pero Pili sí. Y si vieras cómo llora...

El Chino, inflexible, arrancó un par de pelos a Dragón, que reaccionó como cabe imaginar: quejidos, mordiscos al aire, contorsiones violentas.

—Déjalo —intervino Trini—. Después de todo, las barbas le dan personalidad.

Y para calmarlo le ofreció los restos del bote de brillantina que el animal apuró con fruición.

—Creo que deberíamos ponerle un lazo —propuso Curro.

—¡A mi perro no le van esas cosas! —protestó Pepito.

—¡No digas «mi» perro!

—Bueno, a nuestro perro.

—Tiene razón Curro —dijo Trini—. Cuando se quiere que algo quede más bonito se le pone un lazo. A las cajas de bombones, por ejemplo.

—¿Y quieres que Dragón parezca una caja de bombones?

—Es una buena idea —insistió Trini. Y salió en busca de las cintas que Amelia guardaba en su caja de costura.

—Lo que no tiene arreglo es el rabo —dijo Quique, observando a Dragón con gesto crítico.

—¡No querrás que se lo cortemos!

—¿Por qué no? A los perros finos se lo cortan.

—Sí, pero cuando son recién nacidos —dijo Pepito—. Y a mí me parece una costumbre horrorosa.

Trini propuso ponerle un lazo en el rabo, para que disimulara un poco, y otro en el cuello. Y así lo hicieron. Uno rojo y otro verde. Pero Quique, tozudo, volvió a decir:

—Lo mejor hubiera sido cortárselo. Cuando un perro tiene el rabo como éste, cortárselo es hacerle un favor.

A pesar de ese detalle, Dragón estaba desconocido. Él se daba cuenta y no se atrevía a mover ni una oreja.

Trini recordó de pronto:

—En la exposición, los perros estaban metidos en unos cajones con patas.

—El nuestro puede servir.

—Sí, porque también tenían escrito el nombre del perro y el de la raza.

Los chicos se miraron perplejos.

—¿Y de qué raza es Dragón?

Nadie lo sabía, naturalmente. Por fin decidieron poner RAZA ESPECIAL. Lo escribió Curro en letras chinas y con la barra de labios de Amelia.

Todo estaba solucionado y a punto. Sólo faltaba llevar a Dragón para que ganara el premio.

11

POR LA ZONA reservada para la exposición canina, en el parque, los chicos avanzaban con su cajón a cuestas. Dentro de él, Dragón, reluciente de brillantina, con sus dos grandes lazos tiesos, parecía un muñeco de feria.

Después de echar un vistazo a los demás perros, Curro comentó:

—Ninguno le llega al nuestro a la suela de los zapatos.

—¡Y que lo digas!

—¿Dónde lo ponemos?

Se encontraban al extremo de una fila de casetas, junto a una vacía.

—Aquí mismo —dijo Pepito—. Estará más cómodo que en el cajón.

Metieron a Dragón en la caseta, en cuya parte superior se leía: «MILORD. Afgano Gigante».

Resultaba raro ver al humilde perrillo encuadrado en esa lujosa definición. Los conocedores que circulaban entre las casetas se detenían curiosos ante él. Un señor, calándose las gafas, lo examinó más de cerca. Luego preguntó a Pepito:

—¿Auténtico?

El chico abombó el pecho, orgulloso.

—¡Del todo!

Y el señor continuó su camino pensando que no sabía tanto de perros como creía.

En dirección contraria vieron llegar a una niña rubia, muy delgada, vestida de rosa pálido.

—¡Es Queti! —exclamó espantado El Chino—. Que no nos vea.

Los cinco miraron alrededor buscando un lugar para esconderse, pero no les dio tiempo. La voz de Queti sonaba ya en sus orejas.

—Hola, chicos... ¿Qué hacéis aquí?

—¿Y tú? —respondió Pepito con otra pregunta.

—He venido con mi tía.

—Ah, sí.

—No digas «ah, sí» porque no la conoces —dijo la niña.

—Sí la conozco. Mi madre le hace los vestidos. Vino contigo a casa cuando lo de...

Se interrumpió porque le sentaba mal recordar tragedias pasadas; pero ella revolvió en la herida.

—Sí, cuando lo de la bomba Jota, que ni siquiera fue divertido. Pero ésta no es la misma. Es mi tía por parte de papá y, además, mi madrina. Se llama igual que yo.

Tía Enriqueta debía de ser muy rica. Se acercaba llena de alhajas, ondulante como un galeón enjaezado, y seguida por un chófer elegantemente uniformado que llevaba un perro sujeto al extremo de su correa.

Los chicos dedujeron que era un perro por el lugar y la ocasión; pero lo cierto es que jamás habían visto algo semejante. Tenía el hocico muy largo y afilado y el pelo lo cubría como una manta, cayéndole hasta el suelo. Andaba con aire indolente y no se molestaba en mirar a la gente ni en olerla, ni mucho menos en saltarle alrededor como haría Dragón o cualquier otro perro digno de ese nombre.

La señora se fijó en Dragón, que estaba rascándose concienzudamente una oreja.

—¿De quién es ese perro?

—Nuestro —contestó Pepito.

—No tiene derecho a estar ahí. Esa caseta me pertenece. ¡Llévatelo!

A los chicos se les pasó por la cabeza lo divertida que estaría tía Enriqueta en aquel cuchitril de madera, con sus joyas y su considerable volumen; pero Pepito, para no hacerse repetir la orden, agarró a Dragón y lo metió en su propio cajón, junto a la caseta donde el chófer introdujo al recién llegado.

La señora tomó asiento frente a su perro. Poco después, viendo que también se rascaba, exclamó, disgustada:

—¡Era de esperar! Ha pillado las pulgas de ese animal tan raro.

—No tiene pulgas —protestó Quique.

—¿Entonces, por qué se rasca?

—Se rasca porque le pica —contestó Trini con toda lógica.

Tía Enriqueta no se conformó con la explicación. Milord se rascaba cada vez con más furia y su ama, poniéndose de pie con un ímpetu que dejó escapar una oleada de perfume caro, exclamó:

—¡Esto tienen que saberlo los directivos!

Y salió andando de prisa. Los chicos miraban perplejos al afgano.

—¿Cómo lo trae a la exposición? —dijo Curro—. ¡Si da risa!

—A mí tampoco me gusta —confesó Queti—. Pero parece que vale un montón de dinero.

El detalle, maldito si les importaba a los chicos, aunque últimamente se veían obligados a pensar en dinero por el lío con don Joaquín.

La señora regresó trayendo casi a remolque a un caballero con un distintivo en la solapa. Señaló a Dragón con dedo acusador.

—¿Lo ve? ¡Aquí está!

El hombre, una vez repuesto de la impresión, admitió:

—Sí, realmente...

—¡Si ustedes admiten a cualquier animal, yo no traigo más a Milord! ¡Cuatro veces campeón! ¡Nacido en Afganistán, como debe ser! ¡Y pillando las pulgas de un chucho callejero!

Dragón, como para darle la razón, se rascaba otra vez.

—¿Ve? —insistió tía Enriqueta—. ¿Ve cómo tengo razón? Es una vergüenza. ¡Una verdadera vergüenza!

El Chino dijo, apretando los puños:

—Dragón es un perro nacional. Y si sólo van a dejar entrar a los extranjeros, es que no hay justicia en el país.

El caballero de la directiva habló en tono persuasivo pero firme.

—No se trata de eso. Para exponer un perro aquí hace falta cumplir ciertos requisitos. En primer lugar, pagar los derechos correspondientes.

Al oír la fatídica palabra «pagar», los chicos se estremecieron.

—Nosotros no tenemos dinero —murmuró Pepito.

—Y si sólo admiten a los perros ricos —volvió a decir El Chino con su tono de orador revolucionario— es otra injusticia.

El señor sonrió con indulgencia.

—No...; aunque tuvieses el dinero, ese perro no puede competir.

El Chino, rebelde y peleón, no se dejaba convencer.

—Lo que pasa es que algunos... —y miró a tía Enriqueta— tienen miedo de que gane.

—¿Ese chucho? —la señora se había puesto nerviosísima y se daba aire con un pañuelito de encaje—. ¡Me quejaré! ¡Escribiré una carta al presidente de la directiva! ¡Y otra a los periódicos! Esto es un insulto, una burla...

—Cálmese, señora —dijo el caballero del distintivo—. Se trata de un incidente sin importancia.

—¿Sin importancia? ¡O expulsan inmediatamente a ese indeseable o me llevo a Milord!

No parecía que hubiera otra salida. El señor lo expresó así con un gesto y Pepito, resignado, cargó con el cajón.

—Vamos, chicos.

Pero Dragón, como si quisiera luchar por sus derechos, dio un salto y fue a refugiarse bajo la silla que ocupaba doña Enriqueta. Desde allí miraba rencorosamente al afgano enseñando unos dientes que parecían haber aumentado de tamaño como por arte de magia.

—¡Llevaos a este animal de aquí! —chillaba la señora a punto del desmayo—. ¡Esto es una conspiración! ¡Un ataque contra las personas y los perros decentes!

Milord, aunque los chicos creyeran que era un soso y un cursi, también tenía su carácter. Al segundo gruñido de Dragón salió de su caseta y ambos se trenzaron en una terrible pelea.

—¡Y ahora se come a mi tesoro! —seguía chillando la tía de Queti—. ¡Fuera, chucho, fuera...!

Dragón, no se sabe si molesto por el insulto o

enardecido por la lucha, no atendía a razones. Ni siquiera hizo caso a Pepito cuando le dijo:

—Vámonos, Dragón... Éste no es lugar para nosotros.

Hincó los dientes en una pata del afgano, que, a pesar de la espesa coraza de pelo que lo protegía, lanzó un aullido.

La gente se arremolinaba y la señora chilló con más fuerza aún que su perro:

—¡Y ahora me lo desgracia...! ¡Que llamen a la policía! ¡A los bomberos! ¡Una ambulancia...!

—¿Para usted o para Milord? —preguntó burlón El Chino.

—¡Para los dos! —contestó ella rápidamente. Y luego, dándose cuenta de que había sido una impertinencia, añadió:

—¡Y a vosotros haré que os metan en un reformatorio!

El asunto se estaba poniendo muy feo. El señor dijo, severo:

—Atad a vuestro perro y marchaos cuanto antes, muchachos.

Era fácil de decir. Pepito, con la cuerda en la mano, se acercó a Dragón. Milord, al ver que llevaba la peor parte en la contienda, se había refugiado bajo su caseta. Dragón continuaba parapetado en la silla de tía Enriqueta aprovechando que ella no se atrevía a moverse y que, con su robusta humanidad, proporcionaba buen resguardo contra enemigos y curiosos.

—Ven, Dragón, guapo... Vamos a casa.

El animal se dejó atar la cuerda al cuello pero, en seguida, dio un tirón como para abalanzarse de nuevo contra Milord. No pudo alcanzar su objetivo

porque la cuerda, que se soltó de la mano de Pepito, quedó enganchada en una pata de la silla.

Al sentir que se tambaleaba, la señora gritó:

—¡Socorro...! ¡Que me tira!

Queti fue en su ayuda justo cuando Dragón volvía a tirar y con más fuerza. Durante unos segundos se convirtió en perro de trineo. La silla y su ocupante, con Queti de remolque, se deslizaron un buen trecho hasta caer en confuso revoltijo al suelo, no demasiado blando ni demasiado limpio.

El traje rosa pálido de Queti se convirtió en una masa parduzca, arrugada y pringosa. Tía Enriqueta, gimiendo, buscaba un pendiente y un zapato que había perdido en el azaroso viaje.

Los chicos iniciaron una prudente y rapidísima retirada seguidos por un Dragón despavorido. No era para menos. A las emociones del día, que, empezando por el baño, habían sido muchas y desagradables, se unían ahora los gritos de la señora, más espeluznantes que nunca.

—¡Granujas! ¡Criminales! ¡Os atraparán! ¡Os meterán en la cárcel!

Ya eran dos, doña Enriqueta y don Joaquín, a querer que pasaran el resto de sus vidas entre rejas.

12

UNA VEZ fuera del parque respiraron algo más tranquilos. Sin embargo, El Chino advirtió:

—Puede que nos estén siguiendo los pasos.

—¿Qué pasos? —quiso saber Curro, que no leía novelas policíacas.

—¡Es así como se dice, despistado! Cuando quieren pescar a un delincuente, le siguen los pasos.

—Nosotros no somos delincuentes.

—No, pero ya oíste a la tía de Queti. Y si le hacen caso...

Caminaban por la acera que flanqueaba el parque, casi sin resuello, imaginando toda clase de desastres.

—Tendríamos que hacer algo para despistarlos —dijo El Chino.

—¿Qué? —preguntó su hermana.

—Por ejemplo, entrar en una casa por una puerta y salir por la otra.

—¿Y dónde has visto tú casas con dos puertas?

—Yo no las he visto; pero en las novelas, cuando uno necesita despistar a la policía, las encuentra.

—¡Bah, en las novelas!

El Chino continuaba pensando sistemas para eludir la mano de la justicia.

—También podríamos tomar un taxi, decirle que espere en un sitio, bajarnos y no volver más.

—Sí..., y luego el taxista también querría mandarnos a la cárcel. ¡Tienes cada idea...!

Se detuvieron un momento porque Dragón bebía agua que corría junto al bordillo y vieron un coche negro, lujoso, que avanzaba lentamente. Quique comentó:

—¡Vaya cacharro! Inglés. Hace los doscientos como si nada.

Era un entendido. En otras circunstancias, sus compañeros le hubieran preguntado más detalles, pero entonces no tenían ganas de charla.

—Si nos escondiéramos durante unos cuantos años...

El Chino hablaba como para sí.

—¿Qué dices?

—Es una buena forma de escapar a la policía.

—¿Y dónde?

—En un sótano o una buhardilla. Mucha gente lo ha hecho. Lo leí en los periódicos.

—¿Y la comida? —preguntó Quique, siempre preocupado por lo mismo.

Pepito se agachó para atarse una bota. El coche aminoró la marcha.

—Otra cosa que se usa mucho es la cirugía estética —El Chino era una mina de ideas—. Nos cambian la cara a todos y...

—¿Quieres que te pongan guapo? —rió Trini.

—No seas boba. Es para que no nos reconozcan. Quién sabe cuánta gente anda por el mundo con una cara que no es la suya. ¿Y por qué? Porque son criminales camuflados.

Los chicos miraron a su alrededor, impresionados. No vieron criminales camuflados o no fueron capaces de reconocerlos. Lo que sí vieron es que el coche se detenía.

114

—¿Qué os parece? —dijo El Chino hablando por un costado de la boca—. Sospechoso, ¿no?

—Nos viene siguiendo desde que salimos del parque —confirmó Quique—. Me fijé hace rato. Debe de ser un coche de la policía.

—¿Qué hacemos? —preguntó Curro.

—Echamos a correr —dijo Trini—. Si el coche se queda ahí no hay que preocuparse. Si sigue detrás de nosotros...

Apenas terminó de hablar, ya estaban corriendo a todo gas. Cuando ya no podían más, volvieron la vista. El coche iba a su misma altura. No cabía duda: los estaba siguiendo.

—Nos van a detener, seguro —dijo Pepito.

—Acordaos de que no estamos obligados a decir nada si no es en presencia de nuestro abogado.

—¿Ni buenas tardes? —preguntó Trini a su hermano—. Yo creo que haría buen efecto. Nos desquitarían algunos años de condena.

—¡Nada! Cualquier cosa que dijéramos se podría volver en contra de nosotros —continuó El Chino, demostrando su ciencia judicial y policíaca—. Y si os torturan, ¡resistid! No acuséis a un compañero ni digáis dónde está el cuerpo del delito.

Curro pensó que los nervios debían de haberle atacado a la cabeza.

—¿Pero qué cuerpo del delito?

—En este caso, Dragón. Si pudiéramos esconderlo...

—O hacerle la cirugía estética.

Como si hubiera sido capaz de comprender la sugerencia, Dragón empezó a dar tirones intentando escapar. Pepito le reprendió:

—Quédate quieto, que ya nos has dado bastantes disgustos.

—Mirad —dijo Quique en un susurro—. Alguien baja del coche y viene hacia aquí.

Era un hombre muy serio, vestido con uniforme azul marino.

—¡La policía! —exclamó El Chino—. ¡Recordad las instrucciones!

Jamás lo hubieran confesado, pero estaban muy asustados. Cuando el hombre llegó junto a ellos, dijo:

—Haced el favor de acompañarme.

Había llegado el momento fatal.

—¡No pensamos decir ni me... me... me...! —empezó Curro.

—¡Ni media palabra si no es en presencia de nuestro abogado! —concluyó El Chino.

El hombre sonrió discretamente.

—Se trata sólo de que me acompañéis hasta el coche.

—¡Sí! Y que nos metan dentro para llevarnos a la comisaría, ¿verdad?

El hombre hizo un gesto de sorpresa.

—¿A la comisaría?

Dragón se soltó de la mano de Pepito y salió corriendo, precisamente hacia el coche. Los chicos miraron, desconcertados. La portezuela estaba abierta y por ella asomaba trabajosamente un anciano. Dragón se precipitó sobre él como si hubiera encontrado a su padre y a su madre juntos.

—¡Nerón...! ¡Qué alegría, Nerón! —decía el señor mientras el perro continuaba con sus muestras de cariño.

—¿Qué te parece? —preguntó Pepito al Chino por lo bajo.

—Debe de ser uno de los trucos que usa la policía. Son muy listos.

—¿Por qué no intentamos escapar? Todavía hay tiempo.

—Espera. Estudiemos la situación.

El anciano descendió despacio del coche y fue hacia ellos seguido por Dragón.

El Chino, armándose de valor, dijo:

—El perro se llama Dragón.

—Cuando estaba conmigo se llamaba Nerón —contestó el señor amablemente.

Nerón, Dragón..., casi sonaba igual. Por eso había aceptado con tanta facilidad el nombre que le habían puesto los chicos.

—¿Veis cómo me reconoce? Lo tuve más de un año. Luego desapareció. Me llevé un gran disgusto... Puse anuncios en los periódicos. ¿No los visteis?

No, no eran buenos clientes de la prensa diaria.

—Nosotros lo encontramos en el solar —dijo Pepito—. Pensamos que no tenía dueño.

—Y si nos quieren detener por eso, nos declaramos inocentes —dijo Trini.

El anciano sonrió.

—¿Detener? ¡Qué ocurrencia! Os estoy muy agradecido por haber cuidado tan bien a Nerón.

Evidentemente, no era de la policía. Tampoco el del uniforme azul, que se limitaba a ser un excelente chófer.

—Y ahora... —comenzó a decir Pepito; pero se interrumpió porque no se atrevía a admitir lo que pensaba.

—¿Ahora qué?

—Si Dragón..., si Nerón es suyo... querrá llevárselo.

—Me gustaría, hijo. Era un buen compañero y yo estoy muy solo. A ti, si quieres, te regalaré otro.

—No, otro, no —contestó enfurruñado el chico.

Trini estaba indignada.

—¡Pues vaya gracia! Sin perro, sin premio...

—¿Qué premio? —preguntó el anciano.

—El que nos hubieran dado en la exposición canina si no hubiera sido por...

El señor se echó a reír con ganas.

—No. Nerón no hubiera ganado ningún premio, podéis estar seguros. Es fiel, inteligente, cariñoso, pero no es perro para exposiciones.

—Lo que yo digo —intervino Trini—. Sin perro, sin premio y con la cárcel esperándonos.

—¿De qué habláis? ¿Por qué vais a ir a la cárcel?

—Por no pagar a don Joaquín, el pollero de abajo de mi casa.

—¡Es más hueso!

—Claro que un poco de razón tiene, porque con la bomba Jota...

—... le hicimos un... un... un...

—... agujero así de grande en el toldo. Y no le hizo gracia.

—Total —dijo Pepito, resumiendo la historia de la que el anciano apenas si había entendido nada—, que hay que pagar.

—¿Cuánto?

—Mil quinientas pesetas.

Quique, tesorero satisfecho, aclaró:

—Pero ya tenemos casi la mitad.

—¿Y de dónde las habéis sacado?

—De nuestros ahorros, trabajando, y de los caramelos de menta.

—¿Los hacéis vosotros?

—¡Y buenísimos!

El anciano sacó cinco billetes de mil pesetas,

nuevos, crujientes, maravillosos, y se los dio a Quique.

—Es mucho... —tartamudeó el chico, medio muerto de la impresión.

—Es exactamente lo que ofrecía en el anuncio del periódico.

Pepito se quedó mirando a Dragón.

—Lo único malo es que...

—Sí, ya sé, lo comprendo.

El perrito, sentado entre su antiguo y su nuevo amo, miraba a uno y a otro como si a él también le costara separarse de cualquiera de los dos.

—Podéis venir a verlo cuando queráis —decía el anciano—. Os daré mis señas y...

—Sí, claro —dijo Pepito. Pero ya no sería lo mismo. No, no sería lo mismo.

Estaba a punto de ponerse muy triste cuando Curro preguntó:

—¿Habrá bastante para comprar un esqueleto de verdad?

—¡No! ¡Un balón de reglamento! —chilló El Chino.

—¡Pasteles! —dijo Quique.

Había que pensar muy bien en qué se empleaba el dinero que sobrara después de pagar a don Joaquín. Y se alejaron discutiendo el asunto a voces, mientras Dragón movía el lazo de su rabo en un gesto de despedida.

EL BARCO DE VAPOR

SERIE AZUL (a partir de 7 años)

EL BARCO DE VAPOR

SERIE NARANJA (a partir de 9 años)

EL BARCO DE VAPOR

SERIE ROJA (a partir de 12 años)